冰心散文奖
获奖作家散文自选集

故乡是我的，也是你的

杨 雪 著

组　　稿：中国散文学会
总 主 编：周 明 红 孩
执行主编：凌 翔

中国经济出版社
CHINA ECONOMIC PUBLISHING HOUSE
·北京·

图书在版编目（CIP）数据

故乡是我的，也是你的 / 杨雪著. —北京：中国经济出版社，2019.12

（“冰心散文奖”获奖作家散文自选集 / 周明，红孩，凌翔主编）

ISBN 978-7-5136-5692-4

Ⅰ. ①故… Ⅱ. ①杨… Ⅲ. ①散文集—中国—当代

Ⅳ. ① I267

中国版本图书馆 CIP 数据核字（2019）第 084020 号

策划编辑　崔姜薇
责任编辑　焦晓云
责任印制　马小宾
封面设计　陈　姝
封面插图　阿　秋

出版发行　中国经济出版社
印 刷 者　唐山楠萍印务有限公司
经 销 者　各地新华书店
开　　本　710mm × 1000mm　1/16
印　　张　13
字　　数　168 千字
版　　次　2019 年 12 月第 1 版
印　　次　2019 年 12 月第 1 次
定　　价　49.80 元
广告经营许可证　京西工商广字第 8179 号

中国经济出版社　**网址** www.economyph.com　**社址** 北京市东城区安定门外大街 58 号　**邮编** 100011

本版图书如存在印装质量问题，请与本社发行中心联系调换（联系电话：010-57512564）

目 录

第一辑 沉醉的山水

神奇的海涯 002
隐者最思此山中 006
云上西溪 009
怀念米易的阳光 011
重返草原 014
麦地与梯田 016
高原上的花 018
一山二河 020
梦幻天池 023
百年洁净 026
水口记 028
花海漫步 031
茶山与竹海 034

第二辑 希望的土地上

希望的土地上 040
走雷波 045
春到双沙 048
故乡是我的，也是你的 051

人间仙果与善待游客 054
信仰 056

第三辑 历史的回声

鼓楼山中 060
石顶山，永恒的山 063
传奇护国 066
弥陀往事 070
回望马蹄 073
情留普市 076
仙草湖笔记 080
建武一夜 083
魅力昭化 086
风吹岭下 090
风雨罗汉 094
赤水千载思悠悠 097
镇龙山 101
在阆中：怀念两个人 104

第四辑　大地的热爱

金口河的山　110
马边的热爱　115
九月桂花香　120
水　123
在新圣女公墓　126
古城之重　128
江安点滴　130
两个草地人　133
树的命运　136
石榴花，美丽的花　139
放滩　142
百合花的哀悼　145

第五辑　故乡书与心灵史

在城市乡居　152
诗歌里的记忆　155
生命的终点　158
川南的乡愁　161
新街子记事　163

鱼凫街上传古韵 171
云烟水拍江门峡 174
泸州荔枝早负名 179
山水诗酒伴升庵 183
走进屈氏庄园 187
城市品质 190
孔明灯 192
故乡石 194
草鞋 197
人生有别 200

第一辑　沉醉的山水

神奇的海涯

核桃熟了，柿子红了，金灿灿的山菊花明亮亮的映入眼帘，在这美丽而多情的深秋季节，我来到了海涯寨。是的，我来到了海涯寨，不是在人山人海的火把节来的，不是在人声鼎沸的牛王节来的，我不喜欢喧嚣和吵闹，只喜欢宁静和沉思，因此，我是在秋天的寂静里来的，来得随和，来得静谧，来得自然。

这是一座位于赤水河上游、被万山藏匿的彝家村寨，隶属于四川叙永县水潦彝族乡。那以牛头造型的标志建造的大门，在农耕时代，体现了彝家人对牛的崇拜。牛，因为坚韧劳作、吃苦耐劳，因为无私奉献、任劳任怨，成了彝家人的精神图腾。因此，牛头的各类造型点缀在海涯寨的屋顶、立柱、广场等处，形成了一道独特的彝文化风景，也就不足为怪了。

我们在老范家的院坝刚坐下，老范便热情地捧出了核桃，端出了自酿的奢香米酒。那核桃皮薄、个儿大，是村寨边那棵上千年的核桃树上的产品；而那奢香米酒，醇和、香溢、微甜，饮之如甘露。无论核桃还是米酒，在这远离都市的寂静群山中，我以为，皆是天地灵气之自然杰作，是上苍对海涯寨的千年馈赠。不知是酒香，还是我从山坡上采摘来放在桌上的一束野山菊的花香，吸引来一只蜜蜂，它一会儿围着桌子飞，一会儿围着菊花飞，甚至听着我的呼唤，围着我飞，引得桌子周边的朋友起来惊呼。一阵山风突然吹来，蜜蜂不情愿地飞走了。老范家旁边的那棵榛子树的树叶哗啦啦落了一地。山风寂寂，清爽撩人。我忽然想起彝族诗人余家驹（1801—1850年）在《时园诗草》集中的一首诗，其中有这样几句：

群山大聚会，争秀兢嶙峋。清风吹满袖，白云落一身。何必蓬莱岛，始可住仙真。我欲结茅屋，常与天为邻。

在这首名为《青浓山》的诗中，他把海涯、水潦的地理环境描绘得令人神往。青浓山就在海涯寨对面，隔赤水河而望。只不过，现在的海涯早已没有了茅屋，一栋栋木质砖混的屋宇亮堂而开阔，秋风过后，并没有肃杀冷清。老范的热情让远道而来的朋友在一阵阵米酒的浓香中感到了内心的温热。不变的，是彝家村寨的古道热肠，是庄稼茁壮的清秀碧绿，是山野茂盛的浓情玉翠，是空气爽朗的清新洁净。要想历练成为智者和高人，又何须去蓬莱岛？此地当为不二之选。

这样想的时候，风住了。我走到荷塘边，残败的荷叶上竟有蜻蜓伫立、追逐。是两只黑色的蜻蜓。我伸出右手，口中唤着它们。它们仿佛听得懂我的话，竟一前一后飞到我手掌周围。我心生感慨，“淳朴的乡野”这几个字闪过脑海。两只黑色的精灵见我木然痴情，似不想打扰我，便不舍地飞走了，飞向荷塘深处。我想起了关于蚂蚁洞的事，一则几近神话的故事。相传在离海涯寨不远的法戛岔河高岩上有蚂蚁洞，“阔可数丈，幽深莫测。其蚁大如豚”。土人言：昔与人交易，人欺之，遂自封垒。这事在余家驹的《蚂蚁洞》诗中有记载：

> 混沌为嫌悆忽功，塞将灵窍返鸿蒙。
> 丸泥隔断仙凡界，刘阮再来路不通。

之后，饱读诗书的彝族诗人、余家驹的侄儿余昭（1827—1890年）也有关于蚂蚁洞的诗章："灵也而畏欺，高垒防人至。昔我太高祖，豪兴来相窥。后有我伯父，嗜奇记新诗。"（见余昭《大山诗草》集）余昭认为，洞中所言大如豚的蚂蚁自封其洞返鸿蒙是不可信的，只不过是一种传说罢了。两只精灵的出现，引发了我对蚂蚁洞的联想。并非我有猎奇之意，只是通过此事，我感觉到，从古至今，人与自然的和谐、与环境的和谐、与动植物的和谐、与社会的和谐、与人的和谐、与内心的和谐，才会使时代健康发展，使社会繁盛前行，民权与平等才能得到保障。我想，流传于此的关于蚂蚁洞的传说，其本意也就在于此吧。

确实，这是一块神奇之地，世袭大屯九世土司余珍（1825—1865年）对这里有过如此描写："一步经三省，依稀万里游。"群山耸峙，悬崖峭壁的水潦彝族乡，正处于川滇黔三省的接合部，所谓"鸡鸣三省，往返两日"，你说它大亦大，说它小亦小。这是一块未被俗利和雾霾污染的土地，我在这里行走，心情是舒畅而温暖的。在路边的木椅旁，我偶遇村民范铭香，他拿着一只硕大的饮料瓶递给我，我以为是饮料，里面装着的却是酒，还有十余只甲壳状拇指般大小的黑色昆虫。他见我不敢喝，拧开盖，自己喝将起来。这时，一个骑摩托车的青年来叫他，他们便走了。后来，老范告诉我，范铭香喝的是九香虫酒，即把九香虫泡在酒里，就成了药酒。九香虫，既是食材，又是药材。李时珍的《本草纲目》一书里，对九香虫是这样记载的：九香虫，产于贵州永宁卫赤水河中（旧时一段时间里，四川叙永县城一分为二，永宁卫属贵州，永宁厅属四川），大如指头，状如水，身青黑色。冬至伏于石下，至惊蛰后即飞出，不可用矣。别名黑兜虫、瓜黑蝽、屁板虫。我们泸州话叫打屁虫。老范说，现在正是抓捕九香虫的最好季节，赤水河边的卵石下就能找到它们。怪不得范铭香和那青年急急忙忙走了。现在市面上的九香虫，一斤要卖到1000元以上。《本草纲目》对九香虫的药用价值也有描述，说它可以"兴阳益精，助肝肾亏损"，可以"利膈间滞气"，可以"治胸脘胁痛"。一句话：强身壮体，滋阴补阳。老范还告诉我，范铭香主要靠捕鱼、捕捉九香虫为生，一生嗜酒，他有句口头禅，"千好万好，不如天天喝酒好"。每次说这话，范铭香脸上都泛着红光，一副幸福的样子。奔七的范铭香，健康硬朗，让我印象极深。

这神秘朴素的海涯寨，这大方热情的海涯寨，在我离开许多时日后，竟然如此清晰地留存在我的记忆中，让我难以忘怀。

隐者最恩此山中

此山叫青崖山。顾名思义，山峰陡峭，林木葱茏是矣。看瀑布悬空直下，溪流哗哗流淌，真乃世外桃源之境。

青崖山系乌蒙山北端余脉，乃川南叙永马岭镇所辖，离镇西约15公里，因较为封闭，为外界少知。

青崖山秘境隐藏于青崖山沟谷中，这条数公里长的峡谷，既有人文底蕴深厚的摩岩石佛造像，又有情感丰沛的故事传说；既有山清水秀的自然风光，又有桫椤植被完好的令人遐想……

我们驱车至沟口，一行人沿山间小道至青崖山半山中，来到青崖山摩岩石佛群像旁，面对200多尊大大小小的石佛造像，不禁惊呆了。在这造像群中，不仅有观世音、释迦牟尼等塑像，还有土地菩萨、药王菩萨等造像……所有造像不仅惟妙惟肖，亦栩栩如生、光彩照人。此地之所以保护得如此完好，要感谢刘朝伟老人和他的老伴。这两口子是本地人，在此守护该文物已有19个年头。没有报酬，完全出于自愿。每天打扫清理，没有倦怠，没有怨言，才使我们看到的此景干净、整洁，让人有舒心、爽快之感。据说此摩岩造像石佛群始建于明朝正德九年，至正德十二年才告完成。这得益于一个叫惠显法师的人。从小学习佛法并抱有使佛法造福于人志向的他，经大师指点，至学习功成，带着三个徒弟从外地来到此地。当看到青崖山的美景和勤劳朴实的民众时，他决定在此造像建庙，传法布施，以此为家。惠显法师生活极其清贫，传说他在飞瀑下的潭边栽种了 365 棵芋头，凡有来求佛消灾祛难的信众，他每天必要与信众分享一棵芋头，不得多食。神奇的是，很多病患信众食了他栽种的芋头后，竟然痊愈了。久而久之，惠显法师在民间还得了个“芋头和尚”的美誉。造像群旁的念经石已被坐成马鞍形状，可见惠显法师每天念经读书的认真和虔诚。正是因为这种锲而不舍的精神和忘我无私的境界，惠显法师圆寂时，他的弟子将他的塑像刻于造像群旁，并将他的骨灰葬于塑像下，修建了一座塔林，好让他的故事和精神在人世间口口相传，德耀后人。

青崖山摩岩石佛造像群于 2013 年被国务院批准，正式列为国家文物保护单位。

确实，这是一片美丽的神奇之地。守护这里文物的老刘为我们唱起了一曲当地山歌：

米贵阳，米贵阳
来到这里待不长
来时刚插秧
走时谷早黄

米贵阳，米贵阳
飞来这里等到山林青
等到山林全青了
每个山头叫几声

天地间的精灵——飞禽，一种叫米贵阳的鸟都对这方土地充满了留恋和热爱，可见这里的美丽和丰盛。当我们离开青崖山摩岩石佛造像群，来到山谷中，另一番景象让我们更加惊异。那些远古的桫椤群落，不仅分布于溪边，还沿着山坡，生长于山腰和山顶，这是一种罕见的自然奇观。

沿一路奇景，我们来到峡谷深处的一处农家乐，半山腰上，搭有回廊靠椅，就着溪水，品着山上所采的野茶，一股清香之气与山川洁净之灵气相融相生，让人好生感慨。主人很热情地和我们冲壳子（四川方言，意为聊天吹牛）。他说，很久以前，对面山腰有个洞，叫稻谷洞。灾荒年间，乡民没得吃，在洞前祷告，空箩筐便会盛满谷子，只待第二年你丰收了，还回去就行。只可惜有一年，有个人借了谷子，第二年丰收后却心生歹念，还回去一箩筐康壳，山神生气了，一声山呼林啸后，无数巨石落下，将山洞洞口封闭。从此，稻谷洞的故事就只流传于民间了。

听到这里，我有些震撼，很久没有听到过这样朴素和干净的民间故事了，此地的人性与此地的山水如此和谐、美妙，让我稍感慰藉。如果我是隐者，此地乃我余生不二之选。

此时，一缕香茗浸遍全身，我感觉自己已与天地清风融为一体。

云上西溪

人在天上走，人在云中游，那种地方，是绝对的惬意，又是绝对的高山，绝对的高海拔。川南叙永水尾镇的西溪村，便是坐落在那种地方的村落。未去西溪之前，无法想象那地方的美。等我终于有机会走进她的身旁，我才发现她的美，美得自然、美得纯粹、美得大气、美得让人震撼。

乌蒙山北缘余脉处的西溪，海拔高度在1000米以上，植被茂密，溪流纵横。楠竹林、冷杉林沿着群山连绵起伏，蔚为壮观。冬天，雪落无声，白茫茫一片。积雪盈尺，为开春后的溪涧、河谷、土地、植物提供了洁净水源的滋养。“百道瀑布天上来，千溪美景入眼帘。”坐落在西溪村山脚下的国家级自然保护区的画稿溪，因四围高山上众多溪流飞瀑的汇聚而显得壮美无比。这种自然景观的真实写照，使画稿溪名声远播。

过去游人常在画稿溪中游，而忽略了山上西溪的美景。也难怪，那时的西溪，山高路陡，险窄难行，鲜有人问津。村民的日子过得紧巴巴的，穷苦难言。而现在，经过精准扶贫，上山的路修宽了，硬化成白加黑，车辆行人来去方便，上下山只是弹指之间的事。云上的西溪，宽阔的旅游人行道穿梭于坡坎、森林、溪涧中，更显得神秘、清爽和幽趣。而村前的白虎山、令牌山、大尖山、马勒口山，高低错落，层次分明。当我站在面对令牌山的观景台上，扶着栏杆眺望远方时，那种君临天下的飞翔感，让我看到了天地之间的雄浑和壮阔，让我感到了心系天下的博大和豪迈，也让我感到了茫茫宇宙中自己的渺小和谦卑。

我想，如果没有精准扶贫中“变民居为旅居、建新村为景区”的脱贫富民理念，并且实实在在地践行这一理念，西溪村可能还要捧着“金饭碗”讨口，而我也不可能有这样的机会走进西溪村的怀抱，面对天地大美，参悟到人生的得失和美好。

一阵山风吹来，温和、撩人，云雾缭绕中的行走让我忘忧，一条溪流穿过楠竹林，引领我们来到绿树掩映中一户姓罗的农家乐。鲜笋片炖土鸡汤、黄豆焖野猪肉、豆花腊肉、凉拌折耳根、青菜汤等一应有机美食端上桌，让饥肠辘辘的我们大快朵颐。我在心里默默祈祷，当西溪在不久的将来名满天下时，但愿这样自然健康的食品像西溪人朴素、善良的心怀，不要变味才好。

在这高山密林中，蕨菜、木耳、笋子、野生菌等土特产随处可采摘。这是一片还没有被污染的土地，因为她在云之上。因此，我对美丽的西溪，总是心存念想。

怀念米易的阳光

怀念米易的阳光，特别在此时，在这寒冷雨湿的冬季，在这僵手僵脚的季节。

在米易，阳光如此明媚、温暖，暖身且暖心，暖得让我双眼迷离而充盈。此前太不了解这座清新温暖之城，从冬天的故乡出发，带着毛衣毛裤一应冬装，却原来纯属多余，到了米易，根本用不着。早晚一件外套，白天一袭衬衣，足够在这里过冬。

这就是米易，穿行在冬季的米易，只有春光的无限，全然没有寒冬的冰冷和北风的呼啸。

精致小巧的县城，被森林般的绿树掩映，四围皆山，安宁河穿城而过，静谧而美丽，甚或还有点妖娆。炮仗花、忆木棉、三角梅……次第绽放，给满眼绿色的县城涂抹着欢快、热烈的色彩。静谧美丽的城，暗中传递着生命奔涌、创造的活力，否则，宽阔、平坦、整洁的街道，鳞次栉比的高楼大厦就不会呈现出现代生活的气息和时尚。

夜幕降临，气温下降，也不过深秋的微凉。缓步安宁河畔，满城霓虹灯光从错落有致的楼宇中交相辉映，使得安宁河也波光潋滟。此时的米易，夜色中的米易，恍若进入了一个不太真实的童话世界。如果说白天的米易是阳光浸润中的自然之城，那么夜晚的米易则是梦幻之城，五光十色，令人着魔之城。

在这里，在阳光温暖的照耀之下，它会让你慢慢忘掉时光的存在，让你的双眼在阳光之下慢慢充满看清世间人与事的通透感。记得要离开米易时，随行的朋友商量返程事宜，原本说从云南经乌蒙山系的公路回故乡，不料，有人说，现在是冬季，怕那边高原上的路会结冰，车子不好跑。我们这才猛然想到，确实如此，为安全着想，原路返回。米易无冬，我们才能穿着单衣，在米易的阳光下优哉游哉地讨论问题。

怀念米易的阳光，阳光下那鲜榨的甘蔗汁喝起来是透心的舒服；那鲜嫩清香的晚熟草莓，让人念念不忘；那迟来晚熟的凯特杧果，硕大爽甜，色泽纯正……当然，更有那傈僳族朋友的铜火锅，在露天的阳光下诱惑着你，晒着太阳尽情品尝，快哉！还有那围绕餐桌铺在地上的松枝，是傈僳族人的传统，祝福客人青春常在、幸福安康。阳光、美食、快乐在心中涌荡，米易，真的让人向往啊！

幸得太阳特殊眷顾的米易，对任何行旅者或客人都一视同仁。温暖的阳光不仅会拂去你脸上的尘埃，更会温暖你的心灵。当你在米易的青山绿水间流连，会逐渐忘记数九寒冬的冰天雪地。我们在米易颛顼洞前的回廊前喝茶聊天，看着远方如黛的山峦和场镇、阳光下的蓝天白云，深感还在秋高气爽的季节。确实，这是一片美丽、温暖而神奇的大地。传说米易白马镇是黄帝之孙颛顼的出生之地，是这片土地哺育教化了颛顼的成长和智慧，也为他日后统一华夏打下了最初的思想底子。现在的白马镇，据说是颛顼领命返回中原时乘骑白马离去之地，白马镇因此得名。不管怎么说，当年颛顼的父亲领命来此开疆拓土，从此爱上了这里的自然山水和土地，并由此生息繁衍、世代耕作经营，不能不说这里四季如春的环境和全年蔬果飘香、物产丰饶的神奇是一大诱因。

当然，千万年来，温暖如一、透心明丽的阳光可能是最根本的秘密。

重返草原

一

我又回到了草原，在阳光的簇拥下，捡拾那些斑斓的梦。风风雨雨的日子已经远去，晦气阴霾的天空湛蓝如洗，这是明亮温暖的七月，金盏花摇曳灿烂的辉煌，以它珍贵的芬芳抚摸我漂泊而至的归心，抚摸我坚定不移、迈向草原深处的双脚。蓝色的勿忘我花没有忧伤，那些忧郁的情绪已同黑夜一道消失了，甜蜜的露珠折射出爱情的硕果，淡蓝淡蓝的花瓣开放出一种美丽的祝福。

这就是我梦寐以求的草原？曾经遍长断肠草的荞麦地，如今荞麦的花朵成为鲜活的话题，粉红的花穗孕育着希望。万物静默无声，面对阳光和微风的召唤，面对黄金一样开满鲜花的草原，我禁不住泪流满面。

二

这是怎样一种心怀，能让我洒下一种纯粹的泪水，一种无法言说的情绪，一种不可名状的感情？草原，在那些已经过去的日子，我曾经衣衫褴褛，在你草枯体瘦的身躯上，迎着呜呜的寒风，忍着饥饿，聆听着撕心的号哭，穿行其间，你收容我、爱护我。玛曲河的清澈映照着我的灵魂；麦垛场一盅浅浅的奶茶，复苏了一个濒临冻僵的生命；唐克马奔腾的蹄声，鼓动着艰难困苦中疲乏的步履。这是怎样一种博大和深邃？这是怎样一种雕像和荣耀？当我沿着当年的足迹一路寻访而来，不见了凄风苦雨下你忧伤的村庄，不见了苦难的岁月中你尘埃弥漫的道路。明亮的向往融入如歌的海洋，欢乐的舞蹈踏响七月的草场，踏响一年一度众人欢腾的赛马节。芬芳的青稞酒，只为七月的蓝天而沉醉，只为繁荣昌盛的日子而沉醉，只为草原人世世代代不懈的追求而沉醉。

三

你认识我吗？认识那个你曾经给了他无数温暖、无数人生启迪的青年吗？我的草原，你始终不发一言。青青绿草之上：你让羊群云朵一样缓缓漂泊，四处为家的帐篷与缤纷的花朵一齐开放。那悠扬渐近的笛声，可是你的心律？如此熟悉又如此明快的乐曲，可是你含而不露的问候？你宽广无边的胸怀竟有如此柔情，在时光的长河中竟能记住一个小小灵魂对你深情的依恋。除了你，还有什么能让我赞美？还有什么能让我如此怀念？

我感情浸泡的思绪在宽阔的草原流淌。我曾经相依为命的草原，是我的家，是我停泊的港湾……如今，我终生的爱藏在草海深处，随岁月蓬勃生长；我最美丽的华章缘你而诞生，成为久远的传说。

麦地与梯田

旅途的感受，往往不尽相同，偶遇一个人或一件事，也许会改变你的一生。这种改变往往又是猝不及防的，深刻又久远。

1998 年 5 月，我们到武陵山系的黔江地区考察，在从高寒山区的水市乡返回途中，我看见满山满坡、满沟满垄的大麦金黄灿烂，连绵数十里，心中顿生一种莫名的愉悦。产生这种快乐、欣慰之感不仅仅源于“黄澄澄”“金黄”这些吉祥并富于想象、希冀的词语，更源于我对眼前这一亩又一亩规则、平整的麦地更深层次的想象和认可。麦秆笔直、麦粒饱满的麦地，每一亩就像一队方阵，威武、雄壮，连绵起伏，气势恢宏。这是丰收前的最后一次预演，这是大地对劳动者的馈赠，这是“天道酬勤”最好的注脚。由此我相信，世界上最伟大的艺术品，以及由此产生的诗意和快感，都有两重性，一是劳动者的创造和汗水，一是对环境的认知、适应和改造。在这次与金色麦地的相逢中，我始终以虔诚之心来感知它对我精神世界的启迪。当我将一粒饱满而新鲜的麦子放进口中咀嚼时，我双目微闭，一股清香微甜的气息——大地真实的气息，缓缓注入我心田，如此畅快、通灵，使我大彻大悟。从过去到现在，从现在到将来。

是的，把握将来，最重要的是要把握现在。而把握现在，总结一下过去也是必要的。这次相逢麦地，很自然地使我想起了数年前在红河谷哀牢山中的一次行旅。在一座高高的山头，当我们停车驻足远眺时，不仅有“登泰山而小天下”的感受，更目睹了远近闻名的哀牢山梯田的丰采。我之所以这样说，不仅因为哀牢山梯田的层次感非常强，从山脚到山顶的梯田，每到稻谷灿黄丰收的季节，一座山就是一座“金字塔”。都说云南哀牢山的米好吃，香糯，软，这正好与哀牢山梯田的闻名相得益彰。但是，我提到这次行旅，不完全是为了说出上面的感受，而另一种感受，即秋冬时节稻谷已经收割完，一层一层、一梯一梯的稻田显出它的清癯和冷寂来，我对它的感受才更为深刻。我惊讶于它的平静，它水波不兴的外表多像一面镜子，如此高洁和大度。人们在丰收以后，似乎将它忘了，过往行人总是匆匆来去。但它不喜不怒，不怨不悔，澄净、透明的内心——一方小小的心田，竟然装得下天空和白云，装得下世间的希冀和恩怨，唯独装不下自己的炫耀、居功、傲慢、委屈。人们需要它时，它是一座“金字塔”；人们不需要它时，它是冷寂的群山中自己的一面镜子。

其实，黔江的麦地和哀牢山的梯田是同一段耐人寻味的格言。

高原上的花

有人说高原是冷峻的，因为它沉默和荒凉；有人说高原是威严的，因为它伟岸而寂寞。然而，高原也是妩媚的，在一年四季之中，不断地展示着自己的缤纷和梦幻。伟岸和妩媚，构成了高原千百年来永恒的风景。

当冰雪消融，最初柔嫩的迎春花绽放了，它亮丽的色彩像一枚枚金币，令人目眩和亢奋。冬天阴冷的情绪和群山的沉重一扫而光，心情如此轻松和欢快。阳光的温暖、空气的清新、花色的美丽都使人心旌摇荡，充满着激情和对未来的憧憬。

暮春，当高原向阳山坡上的金光将尽时，像一串串洁白铃铛的槐花带着浓浓的芬芳次第开放。它绵延在群山环绕的公路两边，令人目不暇接。它的青枝绿叶映衬下的花的白，是洁净而单薄的，仿佛风沙中的一瓶净水，如此珍贵而让人遐想。它的甜蜜的芬芳，透彻肺腑，无端让人怀念和追思。

而高原的夏天，崖上、壁上、坡上、河畔，野百合翘首含笑，宛如纯情少女的微笑。这是高原多情的季节，这是向花朵任意倾诉心灵秘密的季节，凝视含情，遥望遐想，那么圣洁而美好，那么无私而坦荡。有人带着浓郁而芬芳的百合回家，把它放入清水瓶中，放在书房里或客厅中，顿时整个房间弥漫着花香。有的人干脆把它种在平房顶上，任它在风中婀娜摇曳，仿佛花仙子在对人舞蹈。野百合不喜盆景和阳台，有人将它植入其中，很快它便枯萎了。它是野性的，属于大自然，但它又具有人类的优良属性——追求大度开阔，追求柔情美丽，追求无私奉献，追求高洁无染。

秋天来了，金黄灿烂的野菊花成片成片地绽放在山坡上。这是一个成熟而令人深思的季节，是智者和哲人的季节。在金光照耀下，空气澄明，正好可供人反思和追忆、向往和求实。如果说金黄空旷的原野有着几分秋的肃杀，那就带一束野金菊回到书房，闻着它的气息，看它一生曲折之后的辉煌是多么不易。你就会丢掉浮嚣，就会沉静，就会思索，在几分郁郁的菊香中感到几分平和、舒畅，就会对未来不再迷茫，进而坦然地走向深邃。

高原的秋天是短暂的。当雪飞霜降，山头白茫茫一片时，高原沉寂了。沉寂的高原一言不发，那种冷峻远胜于寒冬的张狂。但高原的可爱也在于它的妩媚，即便在寒冬。在住家的庭院里，一株株蜡梅绽放了。又是黄色，金黄色的花瓣傲然于雪花飘舞中，挟带着清香，一阵阵灌入人的鼻息，让人在寒冷中仍感觉一股清新在荡漾，仿佛有一只温柔美丽的手，把你心中的阴暗、冷漠拂去，使你的思绪燃起热情，理智的热情、狂饮的热情、歌唱的热情、书写阅读的热情、追求不止的热情。

高原的花，一年四季都在绽放。绽放成妩媚、温馨，绽放成美丽、柔情，绽放成圣洁、可爱，绽放成优雅、高贵，绽放成人生的思索，绽放成人生的哲理和追思。

如果说伟岸和冷峻是高原的魂魄，那么，高原上的花则是高原的灵气。高原如花的妩媚，更令人神往。

一山二河

川南泸县，田野富饶，物产丰富。除其自身独有的自然特色外，我以为，对泸县的人文底蕴进行追问，使读者更加清晰地认识泸县，使泸县在西部大开发中更有作为，是很有意义的。

前不久，一位年轻的作家朋友从北京回来后，看到在福集镇建成的一座漂亮的新城，忍不住赞叹："北京周边的许多县城都不如泸县新城漂亮。"

崭新的别具一格的各类建筑、宽阔笔直的花园干道，无不展示着泸县人的思维、智慧、憧憬和宽广的胸怀。

沿着花园干道往南不远，便是遐迩闻名的川南名山——玉蟾山。因所处地理环境，地处丘陵地带的泸县名山大川不多，但是有一座玉蟾山足够了。这似乎印证了古人早就说过的一句话：山不在高，有仙则名；水不在深，有龙则灵。玉蟾山因其山石状如蟾蜍而闻名于世。早在宋代，著名文士黄庭坚在川南时，便亲临题书"玉蟾"二字于山上石壁，更使该山名噪一时。

在林木葱郁、空气清新的山中漫步、攀缘，你会有许多发现。比如半山腰的千手观音石雕图、山顶石壁现代著名画家蒋兆和的流民图等，都会引发你的无限怀想。前者的雕刻艺术历经时光的风雨依然价值永存、熠熠生光，引得无数善男信女虔诚膜拜，后者的历史内涵所展示的曾经的民族苦难和民众悲苦，更是对日本侵略者无声的控诉和抨击，对社会和平与生活安宁的真诚向往。每次到玉蟾山，我都会屏息冥思，久久注视那些珍贵罕见的石雕作品，努力从中找寻非同凡响的思想品质。记得有一次在草丛中无意拾得一个石制的龙盘酒瓶，被当时同行的全国著名雕刻家郑可教授称赞为东方了不起的艺术。

确实，在泸县的土地上，石刻雕塑最能反映当地能工巧匠的创造性和审美倾向，并逐渐形成了一种石刻文化底蕴。记得小时候到泸县的乡下玩耍，认识一个石匠，他告诉我，石匠最苦的是在冬天做活，数九寒冬打凿石头，手不仅会麻木，还会裂口子，但你得沉着忍受。因为这个时候的做工，也最能看出你的本领，否则会被师傅和师兄弟们看不起。从那时起，在我的心里便种下了对底层农村石匠深深同情的种子。我们从这些石匠身上，从这一侧面，已经看到了蕴藏在泸县人身上的某些优秀品质，对美的、新的生活的不懈创造和追求，重大义重大情，而又能特别好学、奋进、吃苦、忍耐，有着一种对困难、挫折永不言输的气概，从而成为生活中的强者。否则，我们怎能理解精美绝伦、举世无双的全国重点文物——龙脑桥石刻，怎能理解充满生机、享誉神州的雨坛彩龙？

此刻，玉蟾山的石刻，在时间的长河中，已经延伸到山下的四面八方，四面八方的雕刻又回缩到山中，共同完成了一幅幅震惊世人的图画。这不能不说是个奇迹。

除了山，我认为泸县的两条河——濑溪河与九曲河也值得一说。

如果说山是灵魂，那么这两条河则是泸县土地的血液和乳汁。因这河流的流淌、浸润，千里沃野的田畴土地，年年奉献着令人喜悦的稻谷、大豆、麦子、高粱、蔬菜、水果以及家畜牲禽等人们生命必需的农作物和农产品。因此，“农业大县”的美名一直是泸县人引以为荣的称谓。历史不断向前，这两条河流的滋润依然不改初衷。变化的是人们的观念和思维，比如新县城的诞生、玉蟾美酒新品牌的创立、流滩坝水电站的建成，以及海潮湖、玉龙湖新旅游景区的开发，着力重新打造龙城和龙脑桥以及玉蟾山为一体的精品旅游线路，都说明泸县人的智慧、创新精神在西部大开发的热潮中展示了不凡的魅力。

水一直是性灵的复活剂，如果没有河流贯穿泸县的这方土地，这里的物产优势和风景人文景观可能会大打折扣，文化底蕴和历史内涵也会随之黯然失色。因此，只有山与水的完美结合，才会诞生一个美丽的地方。泸县，正是这种美丽地方的产儿。

我曾经目睹这两条河美丽的容颜，濑溪河发源于玉蟾山，九曲河则发源自界首山，它们都宁静、清秀，缓缓流淌，沉默不语。它们有时像两位智者、隐士，有时又像两位姣美的少女。总之，如果我是一株水草，我会长在它们的怀中；如果我是一棵竹子，我会守望在它们的岸边。可是，我不是，我是一阵风，轻轻掠过它们的水面，却感到了它们的澄澈和柔情，我的灵魂和它们同在。

这就是川南的泸县，酒城泸州的泸县，紧邻长江的泸县，看一眼便忘不了的泸县。

梦幻天池

向往天池，是因为一组梦幻般的天池照片：永宁河的秀美幽静，绵延数十里的两岸翠竹；鸡罩山的云海缥缈，太阳鸟的歌唱婉转；高木顶的俯览群山，山顶上成片成林的楠竹；古镇旁的传统手工制坛技艺，陈庄祖宅神秘的传说……这一切的一切，总让人魂牵梦绕。

在一个澄明的秋日，我终于踏上了川南叙永天池古镇的这片神奇土地。

与大多数古镇不同，天池不仅有水（面临永宁河），而且有山（鸡罩山、凤凰山、高木顶山），可谓三山相抱，一水环绕。处于这种得天独厚的环境中，天池，一方福地也。

确实，天池在历史上曾有过久远的辉煌和兴旺。据有关史料记载，天池场镇形成于明初。因永宁河有一形似池塘的河段，人们便称作“天池”，天池镇由此得名。

清光绪《叙永厅志》（地名篇）中写道：“天生池，阴霖不溢，阳旱不固，池中常有雌雄仙鱼戏水，曰：天池也。”千百年来，这里没有洪涝，没有干旱，老百姓为感念仙鱼的功德，在河畔建了王爷庙，分别塑有童男童女为神，经年朝拜。

由此，天池因水而兴、因秀而美，河运的发达以及小镇的美丽将古镇天池的繁华推向了极致。内地的盐、布匹、食粮……云贵川边的山货、骡马、牛肉、矿产、竹木……在此交汇贸易，每天运输过往的船只不下百艘，最多时停泊船只有200多艘，真是人声鼎沸、热闹掀天。当我在天池古镇徜徉，行走在古街上，抚摸着两旁古老的木门木窗，仍能依稀感觉到那个时代的繁荣和心跳。米市街、盐仓、货运码头、客运码头……这些历史的存留，仍在向我叙述着久远的记忆。而渡口头连着古镇的那棵硕大的黄桷树，据说引得明代状元杨慎和清代永宁知县祝万年感慨万千，分别写下了《天池夜宿对榻韩灵庵》及《天池舟次》等诗篇，天池的山水人情、历史意蕴由此深深地触动了每个游客的心田。当历史翻开新的一页，陆路交通飞速发展时，永宁河的航运很快衰微沉寂了，而天池镇得以保留的古风古貌未必不是好事。在古镇南，镇里规划修建了新的街道、楼群、通信、邮电、学校、医院、超市……四通八达的交通，从新的场镇穿过，一个新的天池镇紧邻老街老屋，一新一旧，让人追怀，更让人欢欣。

我到天池的时候，得知川黔高速就快完工，天池连接黄桷坪高速入口不过几公里，因此，美丽的天池不仅“因水而兴、因秀而美”，而且“因人而灵、因路而旺”。

我与朋友乘船在天池境内的永宁河游玩，数十里永宁河风景如画，不时有野鸭子扑腾着钻进水里，又从水中跃出飞走，两岸数十里翠竹倒映在清澈的河水中，让人心旷神怡，舒心至极。我们看到河边悠闲吃草的水牛，背上竟站着一只作小憩状的白鹭，水牛的两边，还有两只白鹭在站岗放哨。同去的功进贤弟眼疾手快，抓拍下了一张珍贵的照片。人与自然的和谐、飞禽与动物间的和谐，在天池、在永宁河都得到极大体现。

天池，不仅有水的灵秀，还有山的神韵。鸡罩山上伫立着千年的庙宇，庙宇里的铜钟声，方圆十里可闻。你站在鸡罩山顶，晴天可看见山的一边是洁白的云海，山的另一边则风云不染、葱翠连绵。而在鸡罩山的森林里，上百种珍贵的飞禽在此栖息繁衍，鸡罩山俨然成了鸟类王国的世界。据说数太阳鸟最珍贵，我在鸡罩山，只在功进贤弟的照片里得以饱眼福，这多少有点遗憾。而在高木顶山上，美丽的湖泊和大片高高的楠竹林让你净心明眼，当你站在山顶放眼望去，错落有致的梯田、群山、森林、河流均在你脚下，正是“天高云淡、天下小也”。

自然赋予天池如此美丽多情的风韵，生活在这里的人们更是勤劳智慧。因此，我留恋陈庄老宅的精美建筑构造，以及它巧夺天工的石刻艺术，而它上百年来惊心动魄的故事、神秘悲怆的传说，无一不让我们感叹唏嘘，难以忘怀。因此，我留恋天池古老的传统制坛技艺。就连一个普通的制坛工，都知道坛的历史，从远古到现代，由此，我在坛厂走访，穿行于大小泥坛中间，仿佛穿行于艺术和花的海洋，有了一次与智者的对话，获益匪浅。因此，我留恋天池的竹海。我曾在高木顶山上，数次将耳朵贴在一棵楠竹皮上，仿佛听到了竹神的心语，自然的造化，心净的明了，内心的和谐，乃是生命的根本。

天池，如若真是上苍赐给人世的礼物，真是天池人的福分啊！当我在天池游永宁河、观两岸竹、逛古街道、登鸡罩山、听鸟儿鸣、攀高木顶、看陈庄老宅、赏制坛技艺、品河鲜山珍、吃竹笋宴席之时，我深感天池是城市生活未被污染的后花园。旅游，原生态的风貌保护、开发，正是当地政府着力打造引资的前提。

天池，迷人的梦幻之地。

百年洁净

上千棵百年梨树，错落有致地长于山坡和山脚，形成一道蔚为壮观的风景，着实让人赞叹、称奇。

这便是令人向往的方山后山黑坪村的百年梨林。

一百多年前，厌倦了官场腐败和钩心斗角的黎姓人家解甲归田，在此种植梨树。村邻乡人，因崇其人品和智慧，纷纷效仿，不多年，方圆数里，梨树成林，生机勃勃。

每年春天，绽放的梨花漫过山岭，像云像雾又像蝶，那洁白的花瓣、沁人心脾的花香，让人舒心惬意。经过秋霜和寒冬的梨树，又释放出生机和憧憬。洁白的花瓣，既高雅素净，又庄重不屈。花间一壶酒，树下一盅茶，林下一盘棋，在看似悠闲快乐的生活中，也有顿悟和创造。

相传，作为佛教圣地之一的方山，在清朝中后期，早已香火盛积、游人如织，当春之时，朝圣过后的游客涌入，在梨林里赏花观花，一派繁荣景象。旅游文化经济在那时就已享盛名，作为酒城泸州的后花园，这里更是让人流连忘返。

赏花，诚然是百年梨林的一景。因为赏花，我们看到了人间还有洁净、高尚、美好；因为赏花，我们厌恶肮脏、丑陋、邪恶。但是，随着季节的更替，美好的花期终究要过去，游客散去，花落寂静。在果香成熟的季节，耐住了寂寞的黑坪村人经过多年试验、探索，终于将卖不完、吃不尽的梨子酿成了梨子酒，这就是远近闻名的“方山瓢梨酒”。这种纯粮果酒，酒体金黄滢澈，口感柔和生香，饮后舒适爽口。从中国传统医学角度来看，这种酒还有生津润肺、活血化瘀的功效。它的制作也较为简单，只不过储存期要一年以上。其实，你在黑坪村百年梨林里游玩，几乎在每户农家都可以品尝到这种美酿。

百年梨林滋养过的黑坪村人，重人品、重情谊、重智慧。他们朴素、懂感恩、有骨气。1977 年，是百年梨树结果最好、收获最多的一年，黑坪村人选择了 10 斤最好的梨子，托人送呈党中央和国家领导人，以示对党的恩情的真挚谢意。党中央深感这一淳朴的民心，不仅让办公厅写了回信表示感谢，还按当时的市场价汇来了 10 斤梨子款。黑坪村人的心情由此可知，他们的感动溢于言表，并将那棵梨树结的梨命名为“清风梨”，意为：为民造福、两袖清风。这事虽小，却意义非凡，因为“金杯银杯，不如老百姓的口碑”，而我们的党，确实是全心全意为民的党。

据说全国梨树品种比较多，包括国外引进的，如白梨、秋子梨、沙梨、洋梨、藤梨等，而方山瓢梨，其他地方均不见有文字记载。瓢梨树树干遒劲高大、笔直端庄，颇有君子的硬气和儒雅。古有黄花梨，今有瓢梨，均是刻章、做家具的上等材料。

百年梨林年年开出漫坡漫岭洁净、纯白的花，开出那种纯粹、高洁的花。百年梨树的那种挺拔、正直，那种不扭曲、不阿谀逢迎，那种朴素、柔情、真挚，令我怦然心动！

我终于明白我喜欢这片梨林的原因了，源于上百年来没有被污染的环境、没有被污染的花朵、没有被污染的果实、没有被污染的真情和希望，以及没有被污染的心灵和品格。

水口记

川黔交界处的水口，是古蔺县的一个古镇，与贵州茅台隔赤水河而望。作为川黔盐马古道的重要节点，历史上的水口有过太多繁盛的记载和辉煌。明嘉靖年间建镇前，曾以彝族、苗族聚居为主，建镇后，随着汉民族迁入、融合，最终形成以汉民族为主的多民族聚居区。汉民族先进文化和先进生产力的传入和影响，使水口商贸繁荣、人丁兴旺，种养殖业迅速发展。山清水秀、物产丰饶的水口，逐渐成为以酿酒业闻名中外的茅台的后花园。

我到水口时，正逢雨天，夏雨的降临，驱散了酷热，让人感觉清清爽爽、精气神十足。来不及放下旅行包，我们便驱车来到两江沟，烟雨迷蒙中，轰鸣的瀑布坠入深潭的声浪远远地灌入我们的双耳。站在观瀑亭上，看 200 米高低落差的瀑布，气势恢宏，确有震人心魄之感。四围青山幽静，只有流水和瀑布的声音，仿佛万马奔腾不息的声音，将我们的思绪和联想凝固、静止，清新怡人的空气让我们深深呼吸，雨水落在我们的头上和脸上，有种滑腻舒适的感觉。森林的茂密，水质的清澈，让我们久久盘桓不愿离去。

入夜，喝了不少当地自产杨梅酒的我醉倒在镇上一家私人旅馆的床上，沉沉睡去。第二天一早醒来，雨根本没有停的意思。按事前安排，我们冒雨前往离镇不远的柏腊村参观，确切地说，是去看村里的万亩野生杨梅。到达柏腊村，在与野生杨梅树亲密接触的时候，我惊呆了。我先前的怀疑，被满山满坡的杨梅树洗涤了：水墨画般的杨梅林，绵延数十里，远看，犹如墨绿色的森林，近瞧，错落有致的野生杨梅林让人怦然心动。树大者，有千年寿命；树小者，也有几十上百年树龄。无论树大树小，枝上都挂满了猩红的杨梅果，而通往杨梅林的每一条路径，都落满了熟透的杨梅，让人不忍踩踏，无端生出一丝哀愁。尽管在雨中，树的主人仍旧挑选树上熟透乌红的杨梅果让我们尽情品尝。水口的杨梅酸甜可口、味正汁浓，属于典型的原生态果品。据《本草纲目》记载："杨梅可止渴，和五脏，能涤肠胃，除烦愦恶气。"可见，多食野生杨梅妙处多。有"果中玛瑙"之称的杨梅除鲜食外，还可以泡制杨梅酒。杨梅酒初饮醇和，但后劲大，每日少饮，具有舒筋活血、延年益寿的功效。柏腊村成立了杨梅合作专业社，随着市场的不断开拓和人们需求的不断增加，村民的收入也在不断增长。在雨中的杨梅林里，与主人边走边品边叙，其乐融融，真是人生的一大快事啊！

尽管我由怀疑到释然，到心生爱怜，直至有在此落户与杨梅林厮守的念想，但这念想恐怕此生纯属非分。人生不如意事常八九，大概就是这意思吧。细雨中，与主人道别时，我转身面向水墨色的无尽的杨梅林，一份思念便留在了记忆深处，久久挥之不去。

雨已经下了两天，依旧在下，仿佛在考验我的耐心，抑或在考验我对水口感情的深浅度。而我对夏天的雨，有种说不出的感情。在水口的雨中行走，大约也是一种缘，这种缘至少是 600 年的缘吧。在水口，整个夏天连续下两天雨的日子恐怕也不多吧。我相信这种缘分，与我下面的行程有关。因为下雨，当地主人建议大家别去碧云寺了，而我对当地佛教文化颇感兴趣，便说，不想去的就不去，而我一定要去看看。午餐时，我不敢饮酒，虽然我对当地产的杨梅酒喜爱有加。主人说，啥意思？我说我要进山门拜望佛祖。众人觉得我说的话有点儿玄，也就不劝了。餐毕，沿泥泞道上碧云寺朝拜山门的人络绎不绝。原来昨天是观世音菩萨的生日，方圆百里，川黔交界地，庙门几何，数碧云寺的名声最响亮。史料记载，明嘉靖建镇之时，便在碧云山上建庙。这碧云山，乃水口坝中央兀然挺立的一座山峰，在此山建庙，确有其独到的眼光。几百年来，碧云寺的香火不断，也可看出碧云寺承载了当地善男信女的朴素愿望。这种愿望延续了几百年，在清明繁盛的年代，还将延续下去。我到碧云寺，不是因为对寺庙建筑、石刻、年代等感兴趣，而是因为发现了碧云寺的包容性。佛教文化、道教文化、民间传说在此相融共生，供人朝拜。不大的碧云寺，山脚和山腰是佛教进香朝拜的场所，山顶则是道教和民间传说供奉的神圣之地。据说，建庙之初，就考虑到了当地民众的习俗和愿景，才有此多种寺庙文化和当地民间传说和谐共生的场景。几百年来，此种包容性深得川黔民众的赞许和热爱。教义和民间传说有时共通，但更多是互相排斥的，而碧云寺的包容性，既促进了两者的融合提升，又不损伤它们各自的特性和价值，这种和谐的催生总是利大于弊。这使我想到当下的水口为了走出自身发展、造福于民的独特之道，结合自身生态环境的优势，主动提出对接贵州茅台，争做“国酒茅台”后花园这篇大文章。这种包容性，与几百年前碧云寺的包容性有着相同之处。当代水口人的气魄、胸襟、思维、眼光令我佩服，走水口，受益良多，是为记。

花海漫步

这是洁白的李花绽放而成的海洋，跌宕起伏，无边无际，间或有粉红的桃花穿插其间，使花色不至于寂寞而单调，加之远方金色油菜花的衬托，缤纷的花事更加热闹而蓬勃。郁郁的李花香随风弥漫，引得振翅轰鸣的蜜蜂迷失了方向，因为花丛太多太密，竟不知道向哪朵花下手。我看见一只蜜蜂振翅在一丛花的上空，悬停时间足有一分钟之久。

一个画画的，一会儿说从这个角度画可以，一会儿又说从那个角度画可以，这种没有主见的画人，其水平可想而知。实在忍不住，我告诉他，齐白石有一幅画，画的是故乡的桃花，桃花林的背景是峻峭的大山，灼灼绽放的桃花明净、淡雅，在大山的怀抱里如此高贵、纤尘不染。那就是故乡，一个能安心放置灵魂和感情之地。所以，绘画的精义在于是否有强烈的爱憎。

画人涨红了脸，一会儿便消失于花海深处。我冷静下来一想，我非画中人，却对他人如此评头论足，尽情卖弄，是不是太过浅薄，太过张狂？想想，已过天命之年的我，究竟懂得人生几许？究竟了解几多知识？真是大言不惭，羞愧难当。这样一想，就懂得了宽容、尊重和谦虚。因此，在花海中漫步，便更加从容、淡定。

这是赤水河谷北岸，川南叙永赤水镇上万亩的李花、桃花盛放的场景。每年三月中旬，在这片神奇之地，起伏险峻的群山坡谷，洁白的李花、绯红的桃花次第开放于百里内的山山岭岭，给人震撼和强烈的视觉冲击。大自然赠予人类的美丽，包括娇艳的花朵和丰富的色彩，以及稍后由这些花朵和色彩衍生出的甜蜜的果品，都让我们深深折服和敬畏。

如果说，茫茫花海让游人产生热爱自然、热爱生活之情，那么花海之后成熟的果品，包括远近闻名的赤水河“冰脆李”“凤凰李”“黑袍李”等，则让当地果农欢欣鼓舞，这是他们一年辛劳所盼的主要的经济收入来源。我在花海中漫步，曾与一位朴实的果农聊天。他在一棵李子树下边锄草、松土，边告诉我，这几年他先后种了近万株李子树，去年卖果的收入已超过10万元，说完这话，他脸上流露出自豪的神情。近年来，赤水河镇依托自身的地理优势，大力发展适合赤水河上游河谷生长的李子、桃子，让观光农业与富民之路有机结合，走出了一条深受人们欢迎的康庄之途。在花海看过无数花朵的静默开放之后，我为果农的欢欣深感慰藉。

遥想当年，发配滇云的杨慎也无法消受这美景，虽然他多次路过这里，但那多是凛冽寒冷的冬季，这有他描写雪山关的诗句为证。朝廷对他的不公，在自然的节律里也体现了出来，真是让人扼腕。追求民主、自由、富足的权利曾让无数仁人志士前赴后继，这才有后来的蔡锷将军举起反袁义旗，在雪山关“看滇池月小，黔岭云低”“许壮士生还，将军夜渡”。那年护国战争的胜利，也是孟春之际，我仿佛看见雪山关下的赤水河谷地万千桃李花也像今天这样开得娇艳而华美。

在最高处的观景台，在千万花树的包围中，放眼远方如带澄澈的赤水河，以及生机勃发的赤水河古镇，我发现大地如此美丽、雄浑，天地间散发着一种浩然向上之气，脑中情不自禁地跳出诗词家苏金华先生描写此地的诗句：“大山深处有奇观，吸引游人不断。”诚哉斯言。我相信，赤水河的明天一定会更加繁花灼灼，盛放于世人面前。

茶山与竹海

纳溪白节镇是一片福地。古镇所在地是一片开阔的坝子，白节河穿镇而过，使古镇有了灵气。四围环山，秀木灵韵，地热丰盈，使人对在建中的国际云溪温泉有了期待。在快节奏下，工作和生活的压力显而易见，能在宁静闲适的古镇过周末，泡泡温泉解解乏，也不失为人生一大快事。

但是，仅有温泉是不够的，未免太单一。好就好在白节还有茶山和竹海，当你在白节因温泉浴养精蓄锐后，理应去感受大自然的馈赠和人文的关怀。出古镇往右，行十公里山路，便到了银顶山，上万亩茶山像大海的波浪连绵起伏、错落有致，又像西式油画，碧绿养眼，怡人心境。这是四川瀚源有机茶叶基地。上千米高山，空气清新，林木葱茏，白云蓝天，正是茶树生存的最佳环境。纳溪的种茶历史颇为悠久，早在唐宋时期，就有纳溪梅岭茶为贡茶的史料记载，皆与纳溪的地理环境和气候土壤有关。茶山的主人、瀚源有机茶公司董事长李爱民先生早在十多年前创业于此，经历了千般困苦、万般磨难，在各级党委、政府的支持下，终有如此规模和成功，实属不易。如今，瀚源有机茶的品牌声誉早已响遍全国。我站在银顶山的莲心亭里，极目远眺，眼下众山皆小，星罗棋布的村庄和田野像一幅美丽的山水画。我忽然明白，任何一件事情的成功，都不会一帆风顺，凡事必须百折不挠，需有极大的耐力和韧劲，需有极大的智慧和胸怀。如此，我们才能看到风景中的风景，享受到快乐中的快乐。当然，在茶山上走走看看，别忘了喝一杯新茶，听听禹王宫的传说、三元古寨的故事。

在茶山之外，白节的大旺竹海同样令人向往。

成片的楠竹密布于连绵的群山，不知哪是尽头，用“竹海”一词形容，实不为过。

故乡有如此令人陶醉的美景，活到如此年龄方才知晓，实在有些悲哀。从白节镇往左过大旺乡场，便进入茫茫竹海，一路往前，可直通贵州。在满眼的翠竹中，清新湿润的空气仿佛迎着澄澈的绿进入我们的腹腔，让我们神清气爽。除了成千上万的竹、自由生长的竹、笔挺向上的竹、谈笑风生的竹之外，竹海中还有许多人文景观和自然景观值得我们欣赏和玩味。

比如说碧水深潭，就坐落在竹海深处。我一直以为，水是万物之源，没有水，就没有一切，反过来，有了水，一切都会复活。比如竹海，如果没有水，很可能荒山野岭、死寂一片。正因为水的滋养，万山翠竹才生机盎然。这竹海环抱的潭水，又因竹的保护，清澈得化不开，洁静得让我们的心温润感动，此时说一个赞美的字都显多余。事物总是这样，相辅相成，共同守望，才会有如此美好的景致。

在竹海的一条路边，有一道人文景观不得不说，当地人叫它“活观音”。其实，那是一株上百年的樟树，曾遭雷击，当初被拦腰击断，树的下半段也被烟熏火燎，看似已死，孰料第二年春天，它竟重新开枝散叶，茁壮成长。当地人把这棵书看作神树，并建屋筑台，焚香保护。久而久之，这竟成了一道风景。当地人朴素的心理和善良的愿望让我们大为感叹。当我在这株“神树”前闭眼祈祷时，我仿佛飞到了星星闪烁的夜空，与神明对话。这让我明白了恒久的意义。当思想飞升起来，个体的肉身消失也就毫不足惜，那种淡定谦和一如微风拂过。苦难算不了什么，遭此厄运后，能否重新绽放生命绚烂的光辉，这才是最根本的。对“神树”敬重，是因为当地人固执地认为，连雷电都劈不死的生命，会帮助他们实现生命的愿望。其实，这个世界有无神明并不重要，重要的是通过对生命和世界的认知，知道自己该怎么做。

隐在竹海中的大旺场，是白节镇的一个街村，古老的乡场民风淳朴。以竹为生的人家有的在制作竹器，小的如筷子、筲箕，大的如桌子、凳子，更多的只是粗加工，等待外运。我从青石板街上行走，有种穿越时光隧道回到遥远年代的感觉。听说很久以前从纳溪去贵州要翻山越岭走羊肠小道，那时没有公路，更没有高速路可走，走得疲乏了，正好天擦黑到达大旺场，这叫作“三十里路来三十里场，哥哥想妹哩来想断肠”。寂寞难耐的夜和长长的旅途，不知道让多少异乡人勾起了对故乡、亲情、爱情的无限向往和深深眷恋。可见，那时的先辈们外出谋生和行旅的艰辛、不易。好在云贵川接合部一带，最多30里路便有一个像大旺乡场这样可供旅客打尖住店歇脚的地方，免除了忍饥挨饿、担惊受怕的困境。

巫姓在大旺乡场是大姓，也是望族，在清初“湖广填川”时入川，几经周折，定居于大旺。其先祖，应追溯于商朝的巫咸。作为中国早先的政治家、军事家、天文学家、医学家，巫咸在中国的传说中影响广泛。大旺乡场的巫姓后人在乡场建有巫氏祠堂，将巫咸列入宗室之首，也可以看出巫姓后人的进取心和敬重心。随着时间的流逝，很多巫姓子弟走出了大旺，散落在全国各地，大多成为各行业的精英，为大旺巫姓的先祖争得了荣誉。

古色古香的大旺场与自然的大旺竹海浑然一体，隐秘在大山深处。在时间的长河中，究竟有多少让我们感叹的人事传说、故事深情，只有历史知道，只有往昔的风和雨知道，只有泥土深处的树根知道。

今天，在白节，一页新的历史已经翻开，作为国际云溪温泉的延伸旅游节点，银顶山的万亩有机茶和大旺乡场的连绵竹海将为白节展示其丰厚的人文内涵和自然意蕴，让游人找到内心的共鸣和弦，与思想契合的火花，与休闲合拍的步伐。如此，白节古镇，真乃福地也。

第二辑　希望的土地上

希望的土地上

这是一片神奇而充满希望的土地。

世世代代生活在这里的彝、苗、汉等民族的百姓和谐相处，企盼用自己勤劳的双手改变贫困，走向富裕美好的生活。千百年来，这一美好的梦想即将变成现实。这便是处于祖国西南乌蒙高原福地的毕节。

1990年5月，我沿中国工农红军长征路徒步采访，在一个黄昏，来到了宁静古朴的毕节城。长征时期，工农红军红二、红六军团途经毕节，并在毕节修整过一段时间。红军因严明的纪律、远大的理想抱负、坚定不移的信仰和为全中国民众幸福奋斗终身的决心而赢得了毕节人民的热烈欢迎。由此，毕节苏维埃工农政权诞生，很多毕节的优秀儿女纷纷参加红军，成为红军有力的新生力量。特别值得一提的是，当时毕节有位爱国人士，名叫周素园，早年参加孙中山领导的同盟会，并在贵州任过行政总理，受到了红军主张和信仰影响，积极配合红军组建贵州抗日救国军，并任司令员。他在帮助落实红军政治主张方面，不遗余力，鞠躬尽瘁。后来，红军北上，上了年纪的周素园先生和他组建的抗日救国军部分编入红军，一同北上抗日。到达延安后，周素园先生受到了毛主席、周总理、朱德总司令的高度赞扬。

时隔 27 年，我应邀到毕节参加“中国知名作家走进金海湖”文学创作笔会。金海湖新区，是经党中央、国务院批准，在原毕节试验区的基础上新成立的一个经济开发区。时代的变迁，早已深入边远的贵州毕节地区，那种“地无三分平，人无三分银”的旧时观念，早已被历史的车轮抛在了岁月的身后。从厦蓉高速毕节海子街出口站驶出高速后，我们的小车从一条宽阔、笔直的大道驶向城中心。

沿途拔地而起的高楼一幢紧挨一幢，车流穿梭、人流如织，沿街铺面灯火辉煌……繁华与喧嚣，人气旺盛与生机蓬勃，很难让你相信这是一座地处西南高原的边城。这与我 27 年前到过的毕节完全不同，那座宁静古朴的小城，如今变成了时尚大气的大城市，新城扩张还在呈几何级增长，金海湖新区正是几何级增长中重要的一环。而旧城的历史人文血脉依旧存在并延续着，当我问及周素园先生故居时，当地文友立刻告诉我，那是当年对革命有功的抗日救国军司令啊！这让我稍感欣慰。我常想，当年的周素园先生在贵州是首屈一指的名门望族，也担任过行政总理一职，但他为何要抛妻别子，拖着年迈之躯，放弃荣华富贵，追随中国共产党北上抗日，为民众的幸福生活去顽强奋斗、拼搏前行？我想，周素园先生肯定是思索了很久很久，才毅然决然地下定决心。一方面，他看透了蒋介石及其政权的腐朽和专横，一个打着为民旗号而不为民的政府，一个只为少数人谋利的政权，终会失去人心，并走向灭亡。另一方面，在外族入侵和为民谋利方面，一个全新的中流砥柱的政党出现了，那就是民族希望之所在的中国共产党及其领导下的红军队伍，他们的主张、他们的信仰、他们表里如一的言行都给人带来耳目一新的震撼和期许，这与周素园先生经年思索的想法和抱负不谋而合。他隐约看到并坚信：要结束中国近代百年屈辱史，要想中华民族重新走向独立与强盛，只有中国共产党才是唯一的希望。所谓国家好，大家才好，民众生活好，国家才能安定。因此，他后半生坚决选择中国共产党和红军，也就在情理之中了。

当我再次走进毕节，走进金海湖新区，我强烈感到，老一辈革命家的理想和愿望正一步步变为现实，国富民强的期许正一步步到来。党中央、国务院支持和帮助贵州毕节金海湖新区进行扶贫攻坚、生态建设和经济开发，不正是实现中华民族全面复兴和全中国人民过上幸福生活的缩影？而毕节各级领导和人民也正撸起袖子加油干，金海湖新区的创立就是一个很好的例子。几年后，三区县（毕节下辖的金海湖新区、七星关区、大方县）同城化核心区的建成，将对毕节的经济腾飞和社会文明进步产生巨大而深远的影响。现在，以金海湖新区为核心的现代化交通枢纽的早期规划已经落实，且正在试验推进中。空港、高铁、高速、公路在此交汇，智能化的候机厅、候车室等将成为毕节走向全国乃至世界的便捷通道。候机转车，在此一并完成，温馨、舒适、简约、高效的换乘一定会让你为高原明珠之城的特殊魅力感到惊诧。而金海湖新区产业园区引进的 100 多个企业项目，注重生态环保产业，比如金融产业、科教产业、新能源汽车产业等，这些项目年产值上千亿元，会为毕节地方财政和民众就业提供新一轮发展机遇，也会为毕节脱贫致富打下坚实的基础。

我在走访这些地方时，确实看到了扶贫攻坚、生态建设相协调的核心理念在绽放希望之光。这是非常了不起的理念。经济发展只有在环境更加美好的基础上，才能结出更加香甜的果实。金海湖新区的前期规划中就融入了这一理念，并严格实施推进。在经济产业园区之外，更加注重生态产业的引进和推广。我们在参观圣迪乐村养鸡场时，偌大的养殖区，几乎看不到工人的身影，在平地与山岭间，厂房宽大、整洁，通风设备良好，养鸡房的设施设备，包括喂食、捡蛋、检测、冲洗等，几乎全是现代化操作，只有包装、搬运才动用少量工人。养鸡场每天几十万枚鸡蛋的产出，通过货运卡车运往全国各地。据说这种生态鸡蛋在市场上要卖几元钱一枚，因为鸡吃的食材全是生态的草本籽本食物。

我的家在四川南部长江畔，每年七八月份，由于地理环境的原因，暑热难耐，虽有空调，但总不如自然的低温舒适。因此，我愿把乌蒙高原的金海湖新区作为我的后花园，在暑热的季节，驱车前往避暑。从泸州到金海湖，若走厦蓉高速，不过 2 个多小时的车程。在乌蒙高原的金海湖地区，没有雾霾和污染的企业，更没有严格意义上的夏天，这里夏天的气温总在 20℃左右。

毕节在建设金海湖新区时，就把经济发展与休闲生态观光结合在一起。比如，他们打造的金海湖 5000 亩湿地公园，以透彻撩人的高山湖泊和香气弥漫的各色花海让人沉醉、让人流连忘返。那天，不大易动感情的我在金海湖湿地公园旁边的一大块蓝色鼠尾草花地旁边，突然身心欢悦，禁不住叫上同行的老朋友合影存照，颇为快乐。

即将开发的金海湖双山大峡谷，全长 26 公里，我以为这是这颗蓝色星球上不多的原生态的高原大峡谷。这里神奇险峻，两岸溶洞幽奥，人在其中，如置身梦幻。据说大峡谷中的河流是乌江的发源地之一，难怪水质如此清冽。忽然就想到两句诗：此水浸我心，此心更洁净；此水擦我身，身无恶俗依。旁边的文友听了，不禁莞尔。

当地文友对我说，来金海湖新区发展，不仅可享受到国家改革发展带来的红利，还可享受到当地美好自然风光的陶冶。我说，这一切我都喜欢，然而我更喜欢在离金海湖新区不远的海马宫山上的贡茶。我喜欢喝茶，而且对茶叶的品质多有挑剔，但那天在海马宫山上喝有机贡茶，在微雨薄雾中，品着清香甘醇的绿茶，我的心情如此愉悦。青山净水中的绿茶让我愉悦，在喝茶的过程中，我想：此种被称为奢香女的贡茶，600 年前的朱元璋可曾喝过？海马宫山上的茶既然是贡茶，我想，他和他的家人、朝廷官员应该都喝过。我相信，这与一个非凡智慧的女子有关，这人便是名震中外的奢香夫人。在金海湖畔的湿地公园，在湿地公园的奢香广场，面对一片松软的黏性黄土，当地文友对我说，当年奢香夫人曾在此筑窑取土造瓦，自建宣慰府。我站在奢香夫人曾经亲手劳作的土地上，不觉心里一震。17 岁从四川泸州永宁嫁入贵州毕节的彝族少女奢香，在丈夫因病去世后，因儿子年幼，经朝廷批准，代理宣慰府主政。她以惊人的才能、宽广的胸襟、远大的政治抱负，忍辱负重，受到了明王朝朱元璋的高度认可和广大百姓特别是贵州彝族民众的拥戴和赞美。因为奢香夫人的治理，毕节和贵州省大部的经济文化、道路交通、彝汉民族生活融合发展等在一定时期内都得到了空前繁荣。

任何时代的民众，都渴望有一个安定美好的社会环境，这样才能更好地创造属于自己的幸福生活。

历史走到了今天，当金海湖新区迎来又一个新时代，我想，它的机遇是空前的，它的规划，它逐渐推进的速度，它受到的关注度和支持力度，都是空前的。由此，金海湖新区的建设和逐步成功，将为毕节老百姓的幸福生活指数奠定坚实基础。

由此，我也想成为一个幸福的毕节人，每当炙热的夏天来临，我会到金海湖畔赏花，到双山大峡谷探幽戏水，在奢香广场小憩，在周素园故居沉思，在海马宫贡茶的氤氲中品味生活的甘甜。

走雷波

雷波，四川凉山州的一个彝族自治县，彝语，嘎而莫波，翻译成汉语，意为：状似锅庄鼎立的三座大山。三山若一把厚重的座椅，县城坐落其间，北靠锦屏山，左有大旗山，右有凤尾山，两山相佑，南临金沙江，真乃千年福地矣。

雷波县域全境，山地面积占八成，地形地貌多为垂直形状，海拔最低者仅为300余米，最高者4000米以上，彝族等少数民族人口占比达54%，濒临金沙江下游北岸，与云南的永善县近邻，属于典型的边地。

边地，边远的地方矣。正因为边远，那种民风的纯朴、友善，那种自然风光的本真、绝美……才让人记忆深刻，久久难忘。

那天，我们走高速，跨越两省三地后，进入雷波境内，即便设定了导航，仍然迷了路。在一条山路上，碰见对面来车，抱着试试运气的想法让对方停车问路，对方不仅停了车，知道我们的窘况后，还热情友善地为我们带路，直至带我们进入山上的县城。事后，我对雷波的朋友说，雷波的男人是好男人，值得点赞。其实，雷波的女人也不错。我喜喝茶，去雷波前就知道雷波产茶，特别是产于马湖旁的黄琅绿茶，因曾是贡品而享誉天下。那天，我去宾馆对面的黄琅绿茶专卖店询问，老板娘热情地给我介绍推荐，高中低档茶叶应有尽有，有的包装精美，有的包装大方，当然价格也不菲。老板娘见我犹豫，立马问我买茶是送人还是自己喝，我说是自己喝，她说那你就买简装的，说完从冷柜里拿出一袋上等的茶叶来，其价格比包装精美的便宜一半多。别人都说商人精于算计，在雷波，做生意的女人往往会主动为顾客着想。

有了这两次际遇，我对于小凉山腹地的雷波彝族自治县就有了好感。其实，这种善待朋友之举是有其悠久传统的。在黄琅古镇旁，有座古老的山峰，因形状像母亲的乳房，人们称其为母乳山。从母乳山流淌出来的山泉水清澈、甘甜，像极了大地母亲的乳汁，滋养和哺育了这块土地上的人们。人们由此懂得了感恩，珍惜这片土地上的一切，包括珍惜朋友间的友谊，善待亲人、朋友。说到友情，最动人、流传千古、家喻户晓的莫过于诸葛亮和孟获化干戈为玉帛的故事。三国时期，为了巩固蜀汉政权的大后方，诸葛亮在雷波境内七擒七纵少数民族首领孟获，最终达成民族和解，使蜀国北伐中原无后顾之忧，且在兵源、粮草等战略物资上得到了源源不断的补充。这在中华民族融合、和谐发展的历史上成为一段佳话。

为了纪念这段历史，1556 年，汉族、彝族等地方民众在黄琅镇旁的马湖金龟岛上，集资修建了孟获殿，并塑有孟获等首领的塑像。孟获深明大义，为了一方平安和族人的幸福生活，为了蜀国一统天下的宏愿，甘愿放下个人恩怨、荣辱，站在时代洪流的潮头，走向民族和解的正确道路，理应获得后人的尊重和历史所给予的莫大荣誉。当我站在孟获塑像前时，内心充满了敬仰之情。孟获的故事至今依然在雷波这片土地上得到传承和发扬。当地的一批有识之士，包括各个民族的精英，还专门成立了一个研究会，目的就是传播这种优秀文化，助推当地精神文明建设和经济社会发展。

俗话说，一方水土养一方人。有这种优秀文化传统的滋养，雷波人的底气就显得很足。他们吃苦耐劳，重情重义，并在科学发展的基础上，努力实现着文明富裕的中国梦。金沙江河谷适合种脐橙，他们就种脐橙。春天，洁白的脐橙花开满山坡，浓郁的花香引来万千蜜蜂，花香让人沉醉，蜜蜂酿造出的橙花蜂蜜别有一番味道，更让人沉醉。深冬，鲜红的果实挂在树梢，像一盏盏温暖人心的灯笼。号称中国脐橙之乡的雷波，单是青杠村就栽种有5800亩，“农户＋合作社＋公司”的模式，使村民的收入大增。单是脐橙这一项，村民的收入少的有三五万元，多的达二三十万元。

在山上，易地搬迁的彝族同胞住进了新村新房。我在铜厂沟村看到，从1900米高寒山区破土屋搬进1400米新村的彝族同胞脸上笑容灿烂。一位老大妈告诉我，她们梦想中最美丽的房子就是这个样子。国家层面精准扶贫的红利，实实在在地落到了群众手中。为了防止返贫，铜厂沟村因地制宜，已经规划了养牛、养猪等种养产业。而高寒山区成片成林的野生罗汉竹，其新鲜竹笋，更是山上的一个不可多得的产业，亦是上苍赐予这里善良的人们增收的极佳礼物。

雷波物产丰富，如莼菜、山葵、白魔芋、鲶鱼、小凉山土鸡、芭蕉芋猪等，而且自然山川俊美灵秀，彝乡歌舞灵动可人。雷波还有一处有“南方呼伦贝尔”之称的大草原——阿合哈洛大草原，散落其间随处可见的天然南红玛瑙，更让人心生向往。

雷波，是这颗蓝色星球上一块未被开发的旅游胜地，它的美丽与神秘令人充满遐想。

春到双沙

春天带着温暖来到了双沙。

上万亩的菜花盛放在浩荡平坦的坝子上，耀眼的黄如黄金般流淌，天地间顿显祥和富贵，让人亢奋而激越。随风流动的空气，浓郁的花香渐次弥漫，透彻肺腑。空气静好，岁月静好，故乡的山水静好，物事静好，在这样的“画里乡村”行走，一切静好。

难得享受这样的静好，在菜花丛中的一座木楼上小坐，背靠一棵繁花绽放的梨树，我不禁思绪万千。双沙原名白沙，当地土语白撒之意。传说，天上观世音喜爱这片净土，向下撒了一把菜籽，来年春天，这里便菜花开遍，次第相连，时间久了，就成了今天“画里乡村”的美景。传说固然美好，但也表达了当地百姓的美好愿望。事实上，双沙油菜花海美名传播海内外，皆因双沙镇党委、政府顺应民意的经年打造。在全镇规划和实施全域旅游、建设生态农业，也是对乡村振兴战略的具体落实。

在木楼上向左眺望莲花山，巨型大山恰似一朵惊世莲花伫立眼前，山腰的莲华寺红墙金瓦，在夕阳下闪着金光，宁静而气派，给莲花山增添了一层神秘的色彩。天色向晚，倦鸟归林，我无法飞向寺中去解读那一方佛经中美好的世界，唯有在内心的世界点燃一炷心香，祝愿世间美好像这一年一度的油菜花海，常开常新，经年繁盛。

向右远观，天际线上的剪刀山同样使人震撼，巨石造型的大熊母子似在喃喃低语，在天光下，让人情思跌宕。有人说，这颗星球不仅仅是人类的，更是这颗星球上所有生存者的，包括植物、飞禽走兽……巨石造型大熊母子的出现，也暗示着人与自然和谐相处的真谛。很多自然现象让人惊喜、让人沉思，也给人诸多启迪。人类想要生存发展得更好，必须尊重自然、保护生态，走和谐发展之路，唯其如此，方能走得更远。

第二天，在融融春光中，我们来到了双沙的白马村。这是一个极具川南特色的新村，完全按川南乡风民俗的特色打造。篱笆墙的栅栏，青石板的小道，青瓦砖墙的独立民居，院前梨花树下的石凳，都颇接地气。院落门前的小河轻轻流淌，青菜翠绿，群鸭戏水，仿佛让人回到了童年乡村的家，如此亲切，如梦如幻。瞬间，我们就有了在此留宿的念头。第二天，在花香和鸟语中醒来，在涓涓溪流中行走，是一种怎样的福气？

1935 年 2 月，长征中的红军在此召开了举世闻名的白沙会议，并颁布了《告全体红色战士书》，指明了红军的前进方向，为二渡赤水的成功奠定了基础。从此，红军在以毛主席为核心的党中央领导下，从一个胜利走向又一个胜利，直至新中国成立。因此，双沙亦是红军长征重要的转战之地。

如今，红军总司令部旧址、毛泽东主席驻地旧址已成为红色旅游胜地。

当年毛主席亲手种植的那棵香樟树，如今已华盖如林、郁郁葱葱。一代伟人的足迹、智慧、思想、品格，心系天下苍生的胸怀……无不让人崇敬、感怀和敬仰。那天，我在红军总司令部旧址前凝望着那株参天香樟树，心情久久不能平静。近年来，目睹祖国欣欣向荣的伟大变迁，我倍感骄傲。我坚信，“中国梦”必将实现！

春天的风，温煦而美好，让我们更加精神焕发，向着未来矫健进发。

故乡是我的，也是你的

很难定义故乡是什么，一般意义上讲，一个人的故乡，就是一个人的出生地。我出生在纳溪安富镇民主街24号的一个院子里。记得当时院子里总共住着六户人家，共用一个卫生间和浴室，内急和洗澡时的窘况时有发生，那种难堪可想而知。生活的不易人人皆知。如果有一家在厨房炒蒜苗或炒回锅肉，那香味就会惹得整个院子里的人心曹寡寡（四川方言，馋得慌）的，甚至让人直流口水。更要命的是，美萍家中的那一缸连环绘本图书，没错，我说的是用偌大一个水缸盛放的图书，让我们羡慕不已。美萍父母压根儿不让我们接近，美萍偶尔带一本出来让我们快速翻一下，赓即就拿回去放好，以免被父母发现后遭到臭骂。让我们最为开心的是，院子里的张姐容颜美丽、身材高挑，浑身洋溢着青春少女的活力。她在百货公司上班，不知道从哪里学会了八个“样板戏”，闲暇时就给我们唱《红灯记》《沙家浜》等片段，那悦耳入心的唱腔，那一招一式的动作，那有板有眼的神情……深深打动着我幼小而渴望知识的心灵。甚至有时候到了周末，如果未见张姐出现在院子的天井旁，我就会有一种深深的失落感。直到有一天，听说张姐要结婚并搬离小院，我才意识到，此生恐怕再也听不到她美妙的歌声了，那种遗憾从此深埋心底。

我说的以上的这些事，都发生在20世纪60年代，那是一个物质和精神双重饥饿的年代，城镇家庭的柴米油盐肉乃至布匹等，均是凭票定人定量供给。我曾随大哥一起去买肉，凌晨4点就去市场排队，虽然排在第一，等到天亮时开市，买到的仅是边角余料，好的部位，人家早就留给有关系的户主了。不仅肉食品市场如此，就连电影院也是如此。当年，朝鲜电影《卖花姑娘》感动了无数观影者。母亲要大哥一大早去买票，大哥到售票口排了第一个，可是开始售票时，票只剩前三排的，好座位早在售票前就被瓜分了。

在那样一个不易甚至有点荒诞的年代，我怀疑故乡是不是生病了，而且病得不轻。后来的事实证明，在经历了“文化大革命”的急风暴雨后，不仅是我的故乡生病了，你的故乡大概也病得不轻，因为国家经济已处于崩溃边缘。在经历了那样一些时事后，我和我的故乡终于迎来了大变革、大发展，浑身上下充满着勃勃生机。

先是拨乱反正，后是改革开放。

安富镇民主街24号的小院，那个曾经记载了我童年的欢乐和梦想的小院，那个曾经让我留下忧伤和渴望的小院，终于随着时光的远去而被拆除，取而代之的是一幢高楼拔地而起。故乡就在这日新月异中，成了一座让人惊叹和赞美的新城。那些低矮破败的院落旧房没有了，那些凹凸毁损的小街小巷消失了，现在我们所能看到的，是宽阔笔直的大街，那绿树成荫的滨江路更让人心情舒爽。昔日的木船轮渡，早被跨河大桥取代，人们出行很方便，要么打的，要么私家车，远游时要么乘坐高铁，要么自驾走高速路。而居家呢，一般都是三室两厅两卫，上百平方米，窗明几净，万分惬意。

改革开放40年来，故乡的变化可谓翻天覆地，人们生活的幸福指数可谓节节攀高，相信你的故乡也如是，因为我们同在一片蓝天下，同在一片暖阳中。

人间仙果与善待游客

被誉为人间仙果的雪桃，堪称果中之王。它产自丽江地区的雪山脚下，洁净的空气，澄澈的雪水，原生态的土壤，使每年九十月间成熟的雪桃爽脆、蜜甜，满口生香。

我选择这个季节去丽江，并不是冲着雪桃。恕我孤陋寡闻，去丽江前，我并不知道世间还有雪桃这样的美果。而正是这个季节去丽江，适逢雪桃成熟，导游对我说："你们来得正是时候，可以品尝人间仙果了。"在一个景点，大家小憩时，导游很热情地买雪桃招待大家，我半信半疑地接过品尝，心想，这不会是放长线钓大鱼吧？会不会在接下来的游程里，让我们多购物？我悄悄询问过价格，雪桃的价格总要上十元一斤。直到游程结束，导游并未带我们去购物，哪怕一次！也并未建议我们多加游程多加价。在规定项目完成后，导游尽量多给我们时间自由行，并叮嘱我们该去哪些地方，不该去哪些地方。作为一个喜欢旅行的人，丽江之行在我心田就有了恒久的温暖和眷恋。

正因为有了更多自由行的时间，我不仅对丽江雪桃念念不忘，更对丽江人有了几分敬意。那天，我在束河古镇徜徉，两边古老的木质建筑和千年青石板古街让人沉醉，纳西族独有的文化、风俗、历史、勤劳、智慧等，大多被雕刻成木雕艺术品，悬挂于无数木雕店里，让游人选购。这些雕刻，有木质的，也有彩绘的，有现代的，也有古朴的，其内容涵盖了出征、祈福、和平、音乐、丰收等，几乎生活的全部。我在为这些木雕艺术品所陶醉的同时，情不自禁地产生了购买的欲望。问题是：怎样带回远隔千里的故乡？店主看出我的顾虑，很真诚地为我想办法，说是可以为我办理快递，快递费用可以在我购买的每件艺术品的费用中让出一定利润。店主的真诚和为顾客着想的态度让我动容。我们很快办完交接手续。我回到故乡泸州的第三天，那些艺术品完好无损地寄到了我手中。

在丽江短暂而美好的日子里，还有一件事不得不提。那天在丽江古城吃完晚饭，我们在古镇街头散步，满城灯火璀璨，店铺林林总总，各种商品琳琅满目，游客摩肩接踵……真有说不完的繁华、道不尽的幸福之感。待我们转到一条稍微僻静的古街，眼前出现的一幕让我惊呆了。叮叮当、叮叮当的一队马帮正沿街前行，马帮的主人是一对中年夫妇，男的在马帮前引导，女的殿后。马帮中有一匹马正边走边拉屎，而女的亦边走边左手拿铲、右手拿帚，迅速将马屎扫入铲里倒入事先准备好的布袋，整个过程持续不过 3 分钟，刚才看见的被马弄脏的古街瞬时就恢复了干净整洁。马帮远去，繁华如初，恍入梦境。如果不是亲历其间，你很难相信这是真实的。望着远去的马帮，我回头看见街边墙上一块公益广告牌，上有八个大字：“热爱丽江，善待游客”。不知为什么，我心头忽然一热，就有了万千感慨。想想当下，零团费旅游的陷阱、逼迫游客购物的内幕、坑蒙宰客的交易……使人厌恶和悲凉。让人欣慰的是，丽江旅行，让我们看到了丽江人对游客的责任和担当、关怀和善待，这也许正是多年来丽江游客络绎不绝的原因。

信仰

1935 年 3 月初，春寒料峭，一位衣衫褴褛、饥寒交迫的红军战士因负伤掉队，在叙永县两河镇被俘。一脸稚气、刚满 16 岁、操着江西口音的小红军看起来骨瘦如柴、弱不禁风。扬扬得意的敌人审讯这位红军战士时以为胜券在握，然而他们大错特错了，当敌人问道：“要投诚还是不要命？”小红军精神一振，斩钉截铁地答道：“我只要工农的苏维埃！”恼羞成怒的敌人最后将小红军残忍地杀害了。

这位小红军牺牲已近 80 年，然而每当我读到这个故事，就会热泪盈眶、心生崇敬。长征中这种感天动地的故事很多。正因为红军将士们有着那种追求人类解放、平等、民主的坚定信仰，不怕艰难，甚至牺牲生命的大无畏英雄气概，关于长征和红军的话题才会世世代代传颂下去。

长征中小红军的信仰、解放战争时期刘胡兰的信仰、新中国成立后雷锋的信仰，以及新时期郭明义的信仰，无不包含着时代的正能量，让我们感动、学习、借鉴、追赶，以期成为正能量的一分子，在社会的进步和时代的行进中，发出虽然微弱却极富意义的光芒。如果每个人的信仰都如此朴素，那么我们的社会就会和谐很多。可惜的是，人类的思想千奇百怪，每个人的信仰也不尽相同。这本身也不必大惊小怪，但令人匪夷所思的是，有的人虽然选择了自己的信仰，却总是动摇、违背甚至变节迷茫。这些人的思想因种种原因发生了偏差乃至于腐朽变质，才会产生如上问题。曾经信仰共产主义的一些人，最后却成了人民大众的公敌，这不能不引起人们的深思。

共产党的信仰已经具体体现在小红军、刘胡兰、雷锋、郭明义等中华民族的优秀儿女身上，这是千百年来中华民族的追求和梦想。民族复兴、祖国富强、人民幸福，正是我们一代又一代人的追求。只要我们坚定自己的信仰，实实在在地干好我们自己的工作，民族梦想也好，个人梦想也罢，就一定会实现。

第三辑　历史的回声

鼓楼山中

拜访心仪已久的鼓楼山，是早就有的情愫，延至今日，才终于成行。

鼓楼山，位于四川泸州市南面 20 多公里，系乌蒙山高原北端最后的余脉，海拔近 800 米。在民间，一直流传“西有方山，南有鼓楼山”之说。两山拱卫泸州，正好做了泸州城千秋万代福音的屏障。

鼓楼山，因山形似鼓而得名，林竹茂密，崖壁陡峭，流泉飞瀑，禽鸟栖居，真的是一处绝佳风景胜地。山上最宽处约 2 公里，最窄处仅百余米，而长却有 10 多公里。有关地方史书上介绍，至唐代，山中已有汉、苗、彝等民族和谐相处、同耕发展，且寺庙古刹相继建成，有云台寺、五院寺、高峰寺、永丰寺等。想那时，香火鼎盛中朝圣的先民在对神灵的虔诚祷告中，也应该保有对大自然的敬畏吧。虽然，随着历史的演变，这些庙宇古刹已经消亡，只留下些许遗迹，但一些地方特色文化的积淀传承，仍可看出当地百姓对故土和这方山水的热爱。比如，民间文艺“班打狮子”，就体现了鼓楼山民敢于攀登、不畏艰险、与自然和谐相处的精神。还有流传于此的民间故事，“刘道真人”与“夜光宝珠”，无不说明当地百姓追求美好生活而又善于与假恶丑抗争的智慧与坚韧。

谈到智慧，我以为鼓楼山民众的智慧是大智慧。在鼓楼山峰旁，有一根巨型石笋相伴，当地人很自豪地告诉我，那是一根石桩，紧紧系住了泸州这条大船，让她在上千年的发展中平平安安地走到了现在。这种想象很美，但民众心中那种真心的企盼和祝愿更美。难怪，在久安门古寨旁的观景台上，在春天明媚的阳光里，在澄明的天空下，泸州城的英姿若隐若现，如带的长江缓缓流淌。天地大美，入驻心房，这种观感让我平添了在此居住的念想。

有这种念想的绝非我一人。“城郊休闲处，泸州大阳台”，这是当地政府为了助推地方经济发展提出的对鼓楼山的旅游开发理念。确实，临近泸州城的鼓楼山，其旅游开发价值不言自明。单就气候而言，当盛夏的泸州城被酷热包围时，鼓楼山中却清风阵阵、凉爽宜人。此地民居中，鲜有安装空调者，夏天使用电风扇者也寥寥。

留得下人，除了要有宁静舒适的居住环境，还要有给人看的、吃的，以及让人回味和能给人启迪的东西。我以为，鼓楼山在这些方面都有得天独厚的优势，上千亩兰竹林，翠翠的布满你的眼帘，或在山谷，或在山腰，或在崖畔，错落有致，让人浮想留恋。而那从兰竹筒流出的山泉，掬之饮之，甘洌清甜，让人久久回味，仿佛隐者才能享受的口服。这大自然慷慨的馈赠，竟在此山中，奇哉，妙哉！鼓楼山还有白萝卜、土鸡肉、土腊肉、鲜笋子……这些原生态的食材，再加上当地所酿桂花酒，来此山中品尝者，定是三生三世有福之人。

言及历史，让人回味和最能给人启迪的，当数1950年的鼓楼山剿匪战役。

鼓楼山地势险要，四周皆悬崖峭壁，只有一条路曲折通往山上。就在通向山上的这条路上，修建有三关五寨。关，即关口，关隘；寨，即寨门、石门。所以，一有战事发生，社会动荡之时，谁占领了鼓楼山，谁就得到了地利之便。新中国成立初期，地处西南的泸州城郊，土匪与溃败的国民党军残部互相勾结，盘踞于鼓楼山上，成立了所谓的联合反共纵队司令部，号称上万之众的匪徒时不时下山袭扰和残害乡区干部和征粮剿匪工作队，他们先后袭击了合江的尧坝、纳溪的利合、泸县的分水和蓝田等乡镇，抢劫百姓粮食、衣物，反动气焰甚为嚣张。新生的人民政权在中国共产党的领导下，下决心剿灭这股残敌，以绝后患，还人民群众一个永久安定的社会。人民解放军出动三个团的兵力，在广大群众和地方武装的支持配合下，于 1950 年 5 月发起了解放鼓楼山的战役，整个战役持续不到 4 天，便扫清了残匪，使山清水秀的鼓楼山重新回到了人民的怀抱。

鼓楼山剿匪战役，以人民解放军不到三个团的兵力战胜并消灭了十个团的敌人。这个事实再次告诉人们：这是一个旧社会已经消亡、新社会已经诞生于历史潮头的时刻，任何不能顺应历史潮流并一心与人民为敌的反恶势力终将被潮流席卷和淘汰，不管你占据何种有利地形，失去民心的人，必定寡助。寡助者失天下，多助者得天下，这是时代的必然，也是历史的必然。多助者又为百姓谋利益，这就是天下归心、国家强盛、民众富裕的必然归宿。鼓楼山战役留给人们的思索太多，它让我们牢记历史、珍惜当下，这是何等鲜活的教材啊！

当我步行在翠竹掩映的小道，伫立在极目远眺的观景台；当我留恋于寺庙古宅遗址，在山泉飞瀑旁品饮甘洌之溪……我深沉的思绪才轻松地飞回了现实。山川如旧，俊美依然，当我们登临，我们应该看得更远、更远……

石顶山，永恒的山

多次想去拜谒石顶山，终未能如愿。仲夏的一天，我下定决心，推却了一应应酬，终于成行。

石顶山，位于川南合江县五通镇西南部，与贵州赤水的大同镇、四川叙永的大石镇、纳溪的打古镇相邻。这里山高路远、坡陡峰险、林木茂盛、溪流纵横，正因为人迹罕至，才保持着风景如画、空气清新、民风淳朴。我去访问石顶山，并不是因为它的风景，但它美丽的风景确实让我惊讶、让我开怀、让我难忘。

我从五通镇驾车到达石顶山乡场，再从乡场山脚去石顶山，全是碎石路。这上山的路要走六七公里，路极难行，但两边自然风光极好，林木青翠，溪流蜿蜒，时不时还有飞瀑壮景，野鸡、松鼠受惊吓后迅速窜进竹木丛中，这一切都让我的心情更加舒畅。

石顶山海拔 1000 余米，因山顶险要处有一块小石顶着一块大石不滚落而得名，这大自然鬼斧神工般的杰作让人惊叹不已。更奇的是，巨石上浸出的天然水滴落在下面的小石头上，天长日久竟形成了一个小小的泉眼，饮之，甘洌无比。石顶山寺庙的负责人为了让游人免费品饮，专门放置了一把不锈钢瓢于泉眼旁边。

说到石顶山上的石顶山寺，传说始建于唐代，后几经损毁又几经修复，现在的寺庙屋宇是在清末民初修建的基础上创新扩建的。其门柱上的诗句对联大多反映了善缘修身的佛教观，而大殿和偏殿的佛像、观音像的塑造也栩栩如生，让人心静冥想。此时，思想的意绪驰骋八方，明理与沉思的情怀正好与这清静之地相得益彰。人生事，有时需要冷静的智慧好好梳理与规划，才能在实践中少走弯路，尽可能从容地抵达目标。庙宇外的楠木林苍翠欲滴，蜿蜒地将整座山覆盖、掩映。站在寺庙旁的观景台上眺望前方，远山如黛，白云如絮，天地间如此宏大，个体的我却如一粒尘埃，如此渺小与卑微，自然的瑰丽、多姿，群山的伟岸、险峻，又让我心生眷恋和敬仰。

是的，敬仰，这是我今天到石顶山来的主要目的。

1935 年 3 月，石顶山爆发了一场震惊世人的武装起义。这是在当时地下中共泸县（现在的泸州）中心县委的领导下，为了配合中央红军战略转移四渡赤水的伟大战役而进行的武装起义，史称石顶山武装起义。起义成员以当地汉族、苗族穷苦群众为主体，以泸县中心县委派出的党的领导李亚群、杨其生、余德章（又名赵欲樵）等为领导骨干，他们高举“川滇黔边区工农红军游击队”的大旗，率领 300 多人的武装队伍，两取合江五通镇，奇袭贵州赤水大同场，智斗落窝凼，公审枪决恶霸劣绅，团结受苦受难的苗族同胞，坚决依靠穷苦群众，使起义的声势迅速扩大，有力地配合了中央红军四渡赤水的伟大战略。据史料记载，这是红军长征途中，中共地方地下党为配合红军长征举行的唯一一次工农武装起义，起义震慑了国民党政府，有力地牵制了国民党军队，为减轻国民党军队对中央红军的围追堵截做出了贡献。

万分惊恐的国民党反动派对起义武装恼羞成怒，纠集川军、黔军和反动民团数千人进行围剿，游击纵队在政委李亚群、纵队长杨其生、政治部主任余德章的率领下，凭借山高林密、路熟人熟的有利条件，与敌人进行了巧妙而殊死的战斗。1935 年 3 月至 6 月，共进行大小战斗几十次，终因敌我力量悬殊、人员和装备得不到补充、纵队长杨其生不幸牺牲等诸多因素，武装起义宣告结束。

但起义影响深远，唤醒了贫苦山区汉族、苗族民众追求自由、和平、平等生活的思想和觉悟。零星的武装斗争一直持续到新中国成立。

我在游击纵队曾经战斗过的牛尾埂、大岩洞、桂林园等地徘徊、漫步，向那些牺牲的英烈寄托我深深的怀念。我为先辈们在艰难困苦的年代，为我们今天的幸福生活勇于自我牺牲的大无畏精神所感动。我还探访了桂林园。当时桂林园的主人向玉章已是富甲一方，这个带两座碉楼的四合院不仅在石顶山地区非常显眼，也非常有名。就是这样一位有身份、有地位的人，追求进步、向往革命。他早看透了国民党的反动与腐败。起义前，他被光荣吸收为中共党员，桂林园成为武装起义的指挥部。中国工农红军川滇黔游击队的那面鲜艳的红旗，正是向玉章的女儿在起义前赶制完成的。我眺望着碉楼上的射击孔，抚摸着有些破败的向家大院的石壁，不禁感慨万千。如今，向玉章先生的坟墓就在向家大院旁。我想，至死都不愿离开故土的先生及葬在这片土地上的那些无名的先烈们，当看到青山常在，百姓生活终于幸福、自由、安宁时，也会含笑于九泉了吧。

我特意来到石顶山，表达我的敬仰和怀念。历史是不应该被忘记的，那血染石顶山的英雄故事也不应该被忘记。

传奇护国

川南纳溪的护国镇，建镇于1929年。1915年，袁世凯在北京复辟称帝，以云南督军为代表的蔡锷将军率先举起反对帝制、再造共和的义旗，发动了举世闻名的护国战争，这在中国近代史上具有非凡的意义。护国军在纳溪棉花坡一线与十倍于己的北洋军展开了殊死拼搏，终于在数月后取得决定性胜利。这是一场正义战胜邪恶、进步战胜倒退、以少胜多的经典战役。护国战争改变了中国的历史进程，其中涌现出的滇军名将朱德，经过从旧民主主义思想到新民主主义思想的转变，最终成为中国共产党和人民军队的领导人之一。20世纪60年代中叶，当朱德总司令再次回到泸州纳溪，看到山河秀美、人们生活安稳时，不禁感慨万千。许多单位和个人想请他题词，他都谢绝了，唯独护国中学校长请他为学校题词，他欣然接受。因为他深知，一个国家，教育是根本。新中国的建立和发展离不开千千万万新型人才。稍加思索后，他写下了“纳溪护国中学校”的校名，字体端庄厚重、苍劲有力。50多年后的一个夏日正午，我来到护国中学校，看到那校名在阳光下熠熠生辉，仿佛看到了一代伟人的慈祥、博爱与期望。

护国镇原来叫叙蓬溪，永宁河流经其间，再加镇内大小几十条溪流汇聚，这里便成了一个水陆大码头，逆永宁河向南，可达叙永城而往云贵，顺流向北，抵纳溪城汇入长江，可通江达海。护国镇历来为商贾繁盛之地，交通咽喉之钥。因护国战争总指挥部曾设于此，护国军又得到当地百姓乡绅的鼎力支持，蔡锷将军感于民众的深明大义和正义声援，写下了“护国岩”三个大字，并撰写了《护国岩铭》，命人镌刻于永宁河畔的岩壁上，令后人瞻仰并铭记。1929 年，护国镇正式建镇，经与众乡绅和民众商议，并申报上级批准，叙蓬溪正式改名护国镇并沿用至今。

我到护国镇时，因天气暑热而汗水淋漓，但这丝毫不影响我拜谒护国岩的热情。护国岩下的护国岩铭勒石让我陷入沉思。“护国之要，唯铁与血；精诚所至，金石为裂……”，读到这里时，我忽然明白，正义要想战胜邪恶，进步要想战胜倒退，光明要想战胜黑暗，除此之外，别无他途。

若干年后，正值华夏大地军阀混战，民不聊生，白屋诗人吴芳吉先生乘船路过护国岩，专门登临此地拜访。他有感于蔡锷将军的责任和担当，也希望再出旷世奇才，一扫中华大地混乱局面，让国家统一、人民幸福安康，故而满怀忧愤与激情，写下了千古名篇《护国岩词》。

《护国岩词》的诞生，是民心与正义的宣言，是苍生百姓追寻美好生活的愿望与祈盼，因此，不仅作者在当时被社会广泛认可，也把护国运动的影响推向了一个高潮。

随着时间的推移，有识之士越来越明白，国民党的专制与腐败必将垮台，一个新型的政党——中国共产党的诞生为全国各族人民带来了崭新的希望，因为这个党的初心是为人民服务。这个初心是史无前例的，是深受人民大众拥戴和热爱的。这一理念深深影响了护国镇的一个人，他叫刘振美，护国陈醋厂的传承人或者说继承人。这是一个见多识广的人，也是一个深明大义、爱憎分明的人。他逐渐认识并深信共产主义的主张与理想，甘愿牺牲自己。要知道，当时护国陈醋已声名鹊起，实力雄厚。川滇黔渝，食醋者，必护国陈醋矣。这种小缸酿造、晾晒的手工作坊式的产品，是采用大米麸醋和葛根等上百种中草药材捣碎融合发酵而制作出来的，是一种原生态的食用醋，因为制作工序多、时间长（从制作到产品出厂要两三年时间），所以量不是很大，但质量高。这种醋在川南黔北有着非常好的口碑。

如果刘振美一直坚持做自家的实业，不选择忧国忧民、救国的道路，可能他后来的人生道路就会改写。但历史是不能假设的。刘振美之所以能成为时代的英雄，让我们敬佩与由衷赞美，就在于他的英勇与无畏。他不耽于生活的享乐，也不考虑个人的荣辱得失，而是将家族的钱财拿出来支持中共地下党，并始终不渝地站在共产党一边。即便被捕入狱，关在重庆渣滓洞，受尽严刑拷打，他也一如既往不改初衷，直至新中国成立前夕，被国民党反动派残忍杀害。人生的意义究竟在哪里？一个没有大目标大胸襟大理想的人，可能很难理解刘振美的言行举止，也很难理解他的杀身成仁与从容就义。

在护国镇，像这样充满传奇色彩的故事和人物还很多，比如出现在护国镇的温知堂，以悬壶济世而知名的左氏家族，专治巴骨流痰和烧创伤，在川南一带家喻户晓，其几代人的人生际遇无论怎样艰辛，但中医世家治病救人的理念与原则始终不打折扣。特别是 20 世纪 40 年代初，当日本侵略者侵犯我国，派飞机轰炸重庆、泸州时，还在成都中医大学读书的左氏兄弟毅然返乡从医，为苦难中的百姓就医看病提供方便，在当时传为美谈。

今天，再次走在护国镇的大街小巷，那整洁平坦的道路，那用硕大的绿色的柚子形象做成的垃圾桶，都让我心情愉悦。护国还是柚子之乡，其水晶柚和沙田柚早已远销东南亚和日本。特早茶更是护国一绝，正月时节，你就可以喝到护国茶山的第一片春茶。当时光走到今天，当我有幸成为今天时光中的一员，我感到，生活是多么美妙和幸福啊！正午，我们品尝到永宁河的红嘴鲤和黄辣丁，十分开心。此时，因为前两天刚下过雨，永宁河水势汹涌，临近护国镇的瀑布十分壮观，而下游河中岛绿树蓬勃、庄稼繁茂，泊在河边的渔船凝固不动，那些三三两两的垂钓者亦十分耐心、安静。此时，只有奔腾的河水川流不息。古镇十分安静，我在这种安静中，心存感激地悄悄离去。

弥陀往事

长江边的弥陀古镇位于泸州和重庆之间，在过去的水运黄金时代是一个商贾繁盛的中转之地，商船林立，客运繁忙，给古老的小镇带来了经年的喧嚣和热闹。

儿时的古镇铁匠铺永远充满着火焰燃烧的激情。一块大小不同的生铁在熊熊燃烧的煤炭里烧成熟铁后，被铁匠夹出锻打成型，再浸于水中冷却，捞出后变成了各种形状的刀、锄、镰、钢钎、砧子等器具。在还未脱离农耕时代的中国，这些器具是深受农民欢迎的。赶场天，四面八方的农民将农特产品或背或挑来古镇售卖，卖的钱又用来买必需的农具和生活品，因此，铁匠铺的忙碌直接促成了农具店生意的火爆。除此之外，食杂店、布店、糖果店、茶馆等店铺的生意也是一路水涨船高。临近中午，餐馆和酒店里人声鼎沸。

千百年来，古镇烦嚣的生活周而复始，除了战争、饥荒等社会动荡，莫不如此。

我将要叙述的故事给这种繁华的生活带来的又是另一番场景。我不知道该忧伤还是快乐。

我的祖父和祖母他们一大家族是清末从福建长乐湖广填川来到弥陀的，因来川较迟，所有土地和场镇上房舍早已有主。换句话说，他们大老远从福建漂泊到四川弥陀，根本没有落脚之地。祖父曾读过几年私塾，认为弥陀是一块风水宝地。临长江而靠大弥山（传说明朝建文帝朱允炆逃难到此，见这里山形似弥勒佛，便双掌合十，喃喃念道：阿弥陀佛！阿弥陀佛！后人便将此古镇称为弥陀），又可远眺抗元名城神臂城，故决定留此发展。祖父有一手做烟花焰火的绝活，故在此定居，凭一己之力养活全家应不成问题。经过几年发展，邓家在弥陀已经小有名气，所生产之烟花、焰火、炮仗方圆十里闻名，而临近的白马、分水、黄舣的乡镇，有时还要请祖父去指导制作生产。

然而好景不长，罪恶的鸦片烟不知从什么时候起慢慢侵蚀了古镇。祖父不幸染上了此种有害烟土而不能自拔。久而久之，好不容易置业起来的烟花铺、烟花作坊、住宅被悉数卖掉，全家只好租住别人的阁楼。父亲后来告诉我，祖父是抽鸦片死的。祖父死后，房东不许祖父的遗体经过他的店铺，说是会带来霉运，不吉利。

没有办法，祖母只好请人来将祖父遗体放入箩筐，从阁楼窗户慢慢放下去，再让街上人接住，祖父这才体面入土。我至今不抽烟，正是因为祖父的缘故。当然，这是后话。因为全家顶梁柱的离世，邓家走向衰落，祖母的姐夫也不幸因肺病撒手西去。在那样一个艰难的时代，为了生存，祖母的姐姐，我们这辈人叫大姥子的长辈，只好改嫁给一个我们并不喜欢的人，且在这个家里，最后也抽上了鸦片。从此，祖母与她恩断义绝，也不许后辈与她再有往来。祖母帮人洗衣缝补以维持一家人的生活。其时，父亲尚小，不能自立，而大伯离家出走，以减轻祖母的负担。后来，有传言说大伯加入了地方游击队，有一次还别着驳壳枪趁夜专程回到镇上，处决了镇上有名的李恶霸。这些传言让祖母又惊又怕，但自那以后，再没有大伯的消息，一直到新中国成立后，才听说大伯战死于攻打鼓楼山的战役中。

我血液里面一直流淌着的英雄情结，可能与我父亲有关，比如父亲把自己的名字邓光强私下改为邓志强，想做一个顶天立地的男子汉。但后来我发现，我更喜欢大伯那种直接而爱憎分明、走上战场真刀真枪地大干一场的气魄。也许，是大伯的这种气魄深深影响了我。

父亲年轻时绝对很酷，否则母亲不会看上他。虽然母亲是老泸州神臂城一家大户的童养媳，但是她智慧、体贴、漂亮。虽然邓家家道衰落，但仁义、重情、勤劳、明理的家风一直铭记于家人的心底。镇上开餐馆的孙二娘、开杂食铺的郭大娘等街坊邻里，对祖母一家十分敬重与关照。父亲更有大伯的个性，疾恶如仇、直言敢当、勤劳肯干，又十分孝顺。这是母亲喜欢他的原因。但是，喜欢并不等于爱。人民解放军解放大西南时，正好有一支队伍路过弥陀前往泸州，母亲为这支在这里休息的部队送茶水，孰料竟与一位营长擦出爱的火花。半小时后，母亲毫不犹豫地答应跟营长走，并强烈要求加入这支部队。等到年轻气盛的父亲得知这一消息，母亲他们已经走出古镇二三里。父亲情急之下，追上去，二话不说，生拉硬扯，将母亲追回。

父亲此举彻底赢回了母亲的芳心，若干年后，当我为人父时，母亲在耄耋之年告诉我这件事，除了让我百感交集与万般唏嘘，我感到，母亲当年的遗憾，还隐约留存于心底。

关于弥陀的往事，还有很多，在一篇小小的文章里，终究难以述尽。好吧，让我以后再慢慢讲给你听。

回望马蹄

回望马蹄镇，让我心生憧憬。从地理角度来看，那里遥远偏僻。但心里的距离，却如此短促而相近。川南古蔺的马蹄镇，西接叙永的赤水镇，南临贵州毕节的大屯乡、田坎乡，东靠古蔺的马嘶，北与古蔺的双沙接壤。在群山围困之中，从西面大山流来的马蹄河在这里走成“之”字形，沿河两岸沉积而成大片平坦肥沃的土壤，成为群马奔腾、冲刺的乐场，久之，其蹄印踏陷在泥坑石头上而不消失，遂被人们称为马蹄滩，此地亦被当地人称为“马蹄”。还有一种说法，是当年奢崇明之乱，为剿灭此处叛军，明朝廷派遣的军队要攻进这世外桃源般的马蹄滩，遇到四围群山一筹莫展，想要取胜，就必须攻克唯一的进山关隘山凹关。明军在当地向导的帮助下，挑选出上乘马匹，让士兵抓着马尾乘势攻进关隘。战斗结束后，险峻道上的蹄印深而大，让人感叹骏马的力量势不可挡，人们便将此地称为“马蹄”。无论怎样，从“马蹄”这一地名称谓，可看出当地人欣赏并赞同的那种积极向前、勇于拼搏的进取精神，或者就叫骏马奔腾的精神。

当我站在观景台上，眺望着四围群山下马蹄滩小盆地的青山绿水时，看见了这种精神的蓬勃生长和力量。一幢幢新村农舍和一片片挂果的甜橙树木交映其中，显得如此和谐、美丽。澄澈的马蹄河缓缓东流，经过双沙等地后，将注入赤水河，然后奔向长江和大海。

因为甜橙产业的带动，这里成为精准扶贫的一道亮丽风景。盆地周边的村子名马岭村，其甜橙栽种上万亩，平均亩产甜橙收入从几万元至十多万元不等。他们的产品远销加拿大。在当地党委的大力支持下，张志东从泸州市农业局下派到此，作为农业植保专家（教授级）和该乡甜橙专业合作社理事长李先华紧密合作，在甜橙产业病虫害防治方面，达成了高度共识，对果树坚持不喷洒农药，采用高科技手段（比如用诱蝇球、熏虫板等先进产品）进行病虫害防治，成功率达到 99% 以上。每到年底，成熟的果品深受消费者喜欢，供不应求。张志东因对农产品高度负责的态度，深受当地农民欢迎，现在好几个村都加大了甜橙的推广种植。由于加强了科技产品防治病虫害工作，购买产品的经费不足，他的朋友封晓川先生就支持 8 万元经费购买相关产品，解了当地百姓的燃眉之急。

看来，马蹄镇的甜橙又将迎来一个丰收之年。

马蹄古街不足现在新马蹄镇的十分之一，但古街古风古韵犹存。那晚，我在古街十字路口的街边上，坐在靠背椅上，微凉的山风吹着我，十分惬意。路边的大人孩子于我并不怯生，并且友好地同我拉起家常。他们知道我和同事来此的目的，都怀着深深的善意和敬意。这让我十分感动。

传说当地的先民们大都并非土著，而是在几百上千年前从内地来此经商的。他们无非就是将内地的盐、米、布匹等，翻山越岭驮运至此，又将此地及周边包含贵州边地的山货、马匹、桐油等运回内地。在如此繁复的劳作中，有了经济上的积累，开明的人士便说，我们赚钱的目的是什么？无非是想过上好生活。但是不懂文化，不让子孙学文化、懂知识，不了解外面的世界，最终还是井底之蛙。于是，在清末，马蹄镇有了文昌私塾，这是当地开明商人众筹建的第一所学校，其地址就在今马蹄中心小学内。这是一件非常了不起的事，它开启了马蹄近千年文化教育的先河，自那以后，马蹄人的思想观念、精神面貌、追求美好生活的方方面面都发生了根本性变化。至今，马蹄小学校门两边仍悬挂着对联：有志便成龙，阿谁不作腾空想；前身原是鲤，各自频看破壁飞。据说这对联是清同治癸酉举人徐矩晸所撰，他本人就是马蹄人。每年马蹄镇自强不息的莘莘学子中，考入县城高中和外地大学的，都不在少数。勤学苦读、善于思考的奋斗精神，在这里已蔚然成风。

那天我和怀祥先生、清静先生参加完捐赠仪式，应邀为马蹄的中小学讲授文学课，课后，大批学生围着我提问。这文学的种子已然播下。

想起镇长对我讲奢崇明故居就在马蹄滩上的事，不禁有了感慨。那天，在观景台上看那地方，从易经学角度来讲，那里确实是块宝地。旧址、地基被掩映在果树中，现保存有一对大石狮。难怪镇政府对外宣传的口号里有“古彝源地，甜橙之乡”的字句。想想也有可能，当年奢崇明成为宣抚司之前，就有奢氏家族统管 54 个彝寨之说。那么，奢崇明到底出生在哪里，是否就是马蹄滩的奢王府，就只能靠史志专家查证了。

到过马蹄镇后，先前对马蹄镇模糊的印象就清晰深刻起来。马蹄人的内心和实干精神，以及善良淳朴的待人之道，都与马蹄奔腾昂扬的精神吻合，让我心生好感。当我回望马蹄镇，我还要告诉你，这里的小李子、小花生、小核桃……都是香甜脆生好吃的，在这小小的生态里面，你能回味出一个美好的大千世界。

情留普市

从川南经叙永去云贵，在旧时，必经普市。拜访千年古驿普市，已记不清有多少次了。这座位于川南叙永的古镇，虽渐次破败，甚至渐渐被人遗忘，但于我，却充满着盈盈的记忆和历史深处难以述尽的文化底蕴和传奇故事。

普市最早见诸文字记载的历史，当属唐宪宗时代，因普及之广，集市繁华，故而称普市。是时，在川滇黔交界腹地、少数民族聚居区，依旧是地广人稀。在赤水河中上游地区，特别是古蔺一带，遍生两人多高的蔺草，大地林丰草茂，水流充沛，野兽出没。这愈发衬托出普市在边地的重要和繁荣。“青山层层复盘盘，往来喘汗愁跻攀。日日黄昏人迹绝，年年十月虎交山。”这是明代杨慎路经叙永所留下的诗作。通过《青山虎》这首诗，我们能感受到当年此地环境的险恶和生活的不易。806年，为了维护边地民众生活的稳定、安全和发展，唐朝在此设立羁縻蔺州府，隶属泸州路，辖赤水河流域广袤山区。史载，程咬金曾被委派至泸州做都督。历史上的程咬金并非民间传说的那样五大三粗、有勇无谋、三板斧过后并无招数。如果是那样，程咬金的大名在泸州地区便会大打折扣。真实的程咬金，长得仪表堂堂，足智多谋且武功高强。

传说有一次程咬金从泸州巡视到了边地普市，正遇府堂升帐审案。原来是张王两户人家为了一只母鸡的归属争执不下，州府大人难以判决，焦头烂额。程咬金见后不禁哑然一笑，说，这还不容易，你们两家去把鸡仔弄来一试，不就见分晓了。果然，那母鸡只认王家的鸡仔，母鸡当然就是王家的了。程咬金断鸡案，不仅彰显了他的机智，也体现了他的亲民爱民、和睦边地少数民族。

程咬金在泸州和普市驻留的时间并不长，但其才智和品行一直流传在泸州民间，成为恒久的美谈。

最值得普市人谈论和引以为傲的，当属明代状元杨慎（号升庵）。这位因“大礼议”而遭廷杖惩处并被发配云南永昌卫充军的文人，多次从泸州经普市去云南，并几经往返，为普市留下了许多诗文、许多故事，令人唏嘘感叹。

那时的川滇黔边地，经济落后，社会封闭，交通极不发达，其生活的苦难和自然条件的艰辛无以言说。杨升庵第一次从普市去流放地云南，正值岁寒隆冬，他在《普市》诗中记述了当时的情景：

孤城比屋雪封瓦，重雾浓岚幂四野。
飘飘风凹巧回鸢，凝固冰漕工遛马。
倦客落日投主人，冷突无烟炊湿薪。
敢辞白首御魑魅，眼见木夫尤苦辛。

在大雪纷飞、道路险阻的境况下，杨升庵艰难地到达普市，好不容易找到了驿馆，却是饥肠辘辘、疲惫顿生。驿馆厨房里，有米有柴，却无人做饭，必须自己动手，可柴火却潮湿不堪。在烟熏火燎中，苦不堪言的杨升庵好不容易填饱了肚子，眼前竟然出现了白天在路上遇见的木夫。那些在下雪天穿着草鞋冻伤了脚的木夫，在忍饥挨饿中艰难地为朝廷不停伐木的木夫，其艰辛的生存状态令杨升庵心生同情和感怀。比起自己的苦难和不幸，那才是真正的苦难和不幸。《普市》一诗，在时隔几百年之后，仍能得到普市民众的认可，就在于杨升庵真诚干净的平民思想观。

无论杨升庵的遭遇如何，边地民众都给予了深深的同情、理解和支持。在一次春夏之交时节，杨升庵从流放地再次路过普市，刚好遇见普市街头婆罗花盛开。婆罗花，传说是佛教世界净土上长出的圣花，500年绽放一次，如果遇此花开，一生便有福运，或遇明君，或遇贵人……人的命运便会由此改变。饱读诗书和古典文献的杨升庵，不会不明白婆罗花开的含义和传说。从唐至明，历经几百年的岁月，沿南丝绸之路的足迹，中西方文明的碰撞和交融，从西方净土带来的婆罗花在此生根发芽茁壮生长并开花，也属情理中事。故而，在杨升庵的内心，重新燃起了希望被朝廷赦免的渴望。在这里，在生命中的重要驿站普市，他写下了诗章《婆罗花》：

金筐篓，银筐篓，
瘴花开时瘴雨多。
二梁哨，双井坡，
马头采折记经过。
流芳催人鬓蹉跎，
奈此长征远戍何。

明代第一才人杨升庵，在流放发配途中的普市遇婆罗花开，满以为命运由此会改变，哪料最终等来的消息是朝廷的“永不赦返”。这种深度打击使杨升庵终于明白，人生不能希冀更多，哪怕是你有为社会做更多贡献的愿景。因此，在历经命运挫折之后，在经历了普市婆罗花开的事件之后，在生命已进入晚年之时，杨升庵终于唱出了延续生命意义的惊世之作《临江仙》，其词的末尾：白发渔樵江渚上，惯看秋月春风。一壶浊酒喜相逢。古今多少事，都付笑谈中。

在人的一生中，也许，只有平淡才是真。只有民间，才有真情，而真情，藏在民间。我去普市给村民讲学捐书，惊讶于当地百姓对文化的尊重和热爱。他们成立了诗词学组，数十年学诗、写诗，持之以恒。讲学时，几十名听众听得鸦雀无声，互动环节提问也十分踊跃。课后去普市古街走访，我并不惊讶石板街的古老，也不想考察军械库、屯粮库、庙堂、戏楼、古井、跑马场等，甚至对米街、山货贸易点也无多少兴趣，而是想看看当年杨升庵投宿的驿站和那里的厨房，以及程咬金巧遇衙门府堂的断鸡案地点，但终因年久失修，有些房屋早已毁弃而无果。

倒是当地民众集资重建的文笔塔和四棱碑吸引了我的注意。陪我的当地文士，已过70岁高龄的胡老先生告诉我，为了延续普市的文脉，他们按照旧时的文笔塔的大小高矮模式，重新修建了文笔塔，并立于原址。可见，普市文风一直很盛，而杨升庵描写普市的诗词以及普市的来历，被镌刻在了重新打造的四棱碑上，立于路旁，以昭后人。在大洪山和林荫山之间的普市，我的朋友李爱民先生有感于此地民风的纯朴和良善，以及自然条件的优越，特别应邀在此地投资修建了偌大的七彩茶园。这种以产业扶贫拉动普市经济发展的模式，受到当地干部群众的欢迎，为此，我还专程前往实地采访。

知道普市的人原本就不多，如今高速公路从普市山脚穿越而过，去普市的人就更少了，但于我，在记忆深处，始终有种难以割断的情愫，时梦时现，难以忘却。

仙草湖笔记

到达仙草湖，已是黄昏。氤氲的雾岚中，远山近水，处于一片朦胧之中，给人静谧之感。

推开宾馆房间的窗户，一缕缕带有湖水泥土腥味的乡土气息瞬间涌进鼻腔，让我心生喜欢。

仿佛命中注定，今次走进川南叙永摩尼的仙草湖，就有一见如故、相见恨晚的感觉。摩尼系彝语，翻译成汉语，就是一片金竹林的地方。从仙草湖至摩尼镇，海拔高度从 1295 米渐次升至 1350 米，气候宜人，空气洁净，让人舒适。特别在炎热的夏天，此地乃避暑的不二选择。难怪我们入住的宾馆，均未安装空调。当地有安装空调的人家，均不是夏季降温制冷使用，而是在冬季调温制热驱寒。

此时渐进深秋，正是不冷不热的季节，晚餐我们吃到了本地土鸡炖的金竹笋，汤鲜，鸡肉劲道，香味浓郁，金竹笋有一种山地清新的气息。传说很久以前，摩尼山山岭岭之间，遍布茂密的金竹，因金竹笋富含丰富的蛋白质和氨基酸、胡萝卜素等十多种营养元素，且口感好，具有防癌、抗癌作用，故此地长寿之人居多，有“长寿之乡”的美誉。

仙草湖，因形状像一棵巨大无比的人参而得名。事实上，它并非一座自然湖泊，而是20世纪50年代修的一座巨型水库，在乌蒙山间的崇山峻岭中，从天上俯瞰，就像一颗巨大的宝石，美丽无比。湖泊的建成，为当地百姓解决了生产生活用水和庄稼灌溉的根本性困难。湖的周围，有十八座雄壮的山岭环护保卫，当地人俗称“十八罗汉山”。正是因为自然地理环境的优越和气候的宜人，才使得这里山清水秀、物产丰富，让人喜爱和留恋。

除此之外，我更喜欢这里开阔的视野和包容性。沿湖周围，有起伏、有平坦、有蜿蜒、有开阔、有错落、有高低……让人的联想可以自由驰骋。临湖边不远的宝龙寺，道佛两教相融相生，深受信众拥戴。从相关资料来看，宝龙寺应当建于1653年，即清顺治八年，系当时边防巡督高氏后人所建。有关野史载，此地水草丰茂，高氏后人骑马途经此地休息时，佛祖托梦于他，要他建寺庙于此，方能保佑方圆十里百姓平安，也能荫庇其子孙。这个传说，正应验了佛法“放下屠刀，立地成佛”的善念。无论你信与不信，宝龙寺最终修建了起来，并绵延至今。后来道教塑像入驻，两两相生、各不干扰，又成为一道奇观，让人心生感慨。由此，仙草湖的美丽，在自然山水之外，又多了几分历史文化的厚重。

清晨的微光即将来临之际，下起了暴雨，没错，我说的是暴雨。这是深秋的早晨，黎明即将来临之际。好在暴雨下的时间不长，大约十分钟便停了。天完全亮了，暴雨过后，乡间的小紫菊、小黄菊、喇叭花更加光鲜、精神，粘在莲子花瓣上的露水光亮耀眼，那些碧绿的野草让人眼睛生翠，灵魂也跟着鲜活而美好。这样的乡土让人留恋、让人热爱。那大片大片收割后的玉米地，枯萎的玉米秆还在。想起昨晚吃的香甜的糯玉米就来自身边的土地，就觉得这土地真是太神奇了。散步时，遇到了一位身体健硕的当地大娘，她家房前两株高大的树是金桂花树，桂花有些枯黄，即将凋谢，但余香弥漫。我看到土地里结的南瓜，以为是留的种，她说不是，是留下准备打碎喂鸡的。先前驾车绕湖行驶时，看见多家农房前堆的大大小小的南瓜如小山一般，还以为是村民准备出售的，没想到都是喂鸡的。后来才知道湖周围的农家都养了土鸡，多的有上百只，少的也有二三十只，什么芦花鸡、乌骨鸡、二代鸡，这个季节，统一用南瓜喂养。南瓜具有降糖降压、排毒养颜、强身健体等功效，是一种很普通却也很神奇的食材。用它喂鸡，那鸡肉应该是很营养很美味的。因此，我对大娘说：摩尼的南瓜鸡，今后会抢手的。大娘笑容灿烂，连说谢谢。她指着旁边一块地里的庄稼对我说，这是刚栽种的青菜，就是等它长大后用来做酸菜的那种。我想起摩尼的酸菜鱼、酸菜麻豆豆等菜品，这些食材就来自我眼前的土地，一种亲切感油然而生。

在仙草湖逗留的日子，还有两种野生食材我不得不告诉大家，那就是环湖周边山上野生的洋合和山药。奇怪的是，已经深秋了，宾馆老板硬是让人上山为我们弄来了这两种食材。野生山药炖排骨和洋合炒回锅肉，每每这两种菜品一上桌，我们都顾不得斯文，很快便一扫而光。山药的清热解毒、治气虚衰弱等功效，与洋合的滋阴补肾等食疗作用，成为仙草湖食材的双绝。

从这个角度上说，仙草湖，不仅是游客的天堂、避暑的天堂，也是食客的天堂。

建武一夜

这是10年前的事，我沿着当年红军长征路徒步采访，临近黄昏来到了建武。

建武是川南兴文县的一个区所在地，即现在的镇或乡所在地，是云贵川接合部的一个要冲，地方不大，却是兵家必争之地。镇建在半山腰，既有几分古老，又有几分神秘。

在镇前，有一石门，人称“元怀门”。1935年2月，党中央为掩护主力红军北上，打击、牵制敌人，决定从各军团中抽调主力骨干，组成红军川南游击纵队，直属中央指挥。同年3月，红军川南游击纵队为掩护主力红军与敌军激战于兴文的石坝子，红军川南游击纵队负责人之一、原红八军团民运部长戴元怀同志不幸牺牲，残暴的敌人将他的头悬挂于建武城门。新中国成立后，当地党政部门和人民除了建有红军烈士纪念碑外，还专门在镇前修建了“元怀门”，以此来表达对革命先烈的敬仰之情。

我在瞻仰和凭吊了红军烈士纪念碑及“元怀门”后，来到了镇上一家个体开的旅店。店主是一位大嫂，住一晚，连带晚饭和早餐，一共才收我 8 元钱。当晚的饭菜，除白米饭外，还有一份白肉、一份白菜汤、一碟泡菜。对于每天步行 30 里崎岖山路的我来说，能够吃上一餐这样温馨的饭菜，真是妙不可言。店主真是一位好大嫂，在弄清了我的身份和此行的目的后，对我关怀备至。她开的这家旅店，只有三间客房，每间可住三个人，蚊帐、草席、稻草垫一应俱全。大嫂为我换了新的被盖枕巾，还端来热水、拿来香皂。她如此热情也事出有因。她始终认为，红军是穷人的队伍，我是来采访他们的，她理应尽一份心意。

是夜，趁时间还早，我在镇上的石板街上徜徉。每一块石板仿佛都蕴含着一段燃烧的故事，临街的木板房内似乎也有一段悲欢的历史，或凝重、或端庄、或古老、或离奇、或智慧、或幽默、或善良、或豪爽……这样想着的时候，我不知不觉竟走进了一座由庙宇改建成的文化站。文化站内有一位老者，既是站长又是工作人员，已年近 60 岁，是一名中学退休教师，因为县上派不出人来这里，他便主动承揽了这份工作。一年四季，不论刮风下雨，他都兢兢业业地经营和管理着图书室和录像室。夜晚的时光是寂寞而漫长的，但他从不无故提早关门。在图书室昏黄的灯光下，在竹泥巴墙略带潮味的气息里，我惊讶地看到很多翻得略显陈旧的高品位的书刊整齐地放在书架上，从《人民文学》《解放军文艺》，到宜宾市主办的《金沙江文艺》，还有一些科普读物和知识性的书刊。在这样一个较为偏远的小地方，竟然有一块如此生机勃勃的文化园地，这对那些朴实、善良、求知欲正旺盛的小镇孩子来说是多么大的福气啊！由此，我也深深敬佩起那位既是文化站长又是工作人员的退休教师。他做着平凡而又有着不平凡意义的工作，正是他，在寂寞的山乡，迎着无数风风雨雨的日子，固执地擎着一盏人类文明的灯盏，引导着无数孩子走向光明和智慧的彼岸。

不知何时，夜空下起了大雨，周围一团漆黑，我告别了文化站，匆匆摸回了旅店。进了房间，我发现对面床上坐着一位五十岁开外的男人，满脸胡茬却精神矍铄，瘦瘦的体形，身板硬朗，穿着一件蓝卡其上装，一看便知是一位普通劳动者。他正抽着叶子烟，看我进来很友善地朝我点点头，并说很敬佩我的举动，竟然吃那么多苦来这偏远的小地方采写红军的故事，让人感动。原来店主——那位大嫂，已经把我的身份告诉了他。没多久，我们彼此熟识了，便聊起天来，以消磨这夜雨围裹着的寂寞时光。慢慢地，我了解了他的身世，也理解了他健谈的原因。原来，他是一位森林护林员，赶了几十里山路到镇上是要参加明天的一个会。他中专毕业后，一直在森林系统工作，一干就是几十年。他守的那片森林从未发生过火灾和其他灾难，当然也有少数村民偷偷进森林非法砍伐，都被他及时发现并制止了。他告诉我，当森林护林员最大的痛苦，就是要忍受天长日久的寂寞，无人与你交谈，几乎与世隔绝。唯一面对的，是大自然的坦荡、清新和无私，比如一年四季的花香鸟语、蓝天白云和溪流潺潺，当然，一台半导体收音机也不能离身。在这样的环境中，习惯了也就无所谓了。说到这里，他忽然对我说，你如果有时间，真该到我们那里去看看，风景很美呢！他说，那里还有一条大鲵沟（生长娃娃鱼的溪沟），是国家一级野生动物保护区。

我不禁怦然心动，答应他有机会一定去拜访他。是夜，雨一直下个不停，嘀嘀答答打在窗外的树叶上，是那么清晰又动听，引领我的思绪飞向了无限的远方。

这就是建武，在川南一个边远县的小镇上，因伟大红军的鲜血和故事的浸润，无论事隔多久，在这块土地上，最平凡的人和事里，都有着与众不同的光辉点，让我们久久回味、感动，体验人性中恒久的温馨和美好。

魅力昭化

川北的昭化，是一座从远古走来的古城，脉络清晰地呈现于岁月之河中，让人灵魂触动、感喟良多。昭化，又仿佛一片神秘的磁场，将古代很多金子般闪烁的历史文化吸附其间，只有当我们虔诚地触摸它厚重冰凉的城墙、紧贴它的心脏时，才能聆听到它真实的故事和传说。

绵广高速公路从它身旁不经意而过，昭化出入口的路标醒目而落寞。我们到昭化的那天，正好烟雨蒙蒙。这样的天气正适宜拜访心仪已久的古城，清静、冷寂、平和、深入内心、爱至骨髓。昭化古城风景管理处的老陈敦厚良善，热情地陪我们走访参观。先至临清门，厚重坚固的石头城门在微风细雨中平添了几分沧桑感。我站在城门中间，往外看。前方，云雾环绕的牛头山静默无语，艰险难走的蜀道早已荒草萋萋，金戈铁蹄、刀光剑戟、硝烟呐喊忽地从远古的时空跑进了我的脑海，此起彼伏的声浪由远而近，又由近而远。往里望，青石板街道在雨中静静地向前延伸，木屋青瓦仍旧一片寂静，只有屋檐下挂着的一个个鲜红的灯笼，醒目地落进我们的眼睛，点燃了我们不曾停止的思绪。三三两两的人群好奇地打量着我们，对我们报以热情的笑容。

古城不大，也就几条青石板街，三座城门，却也纵横交错，颇耐玩味。古城是古蜀道上水陆交汇之要冲，也是历代兵家必争之地。但鼓角争鸣的岁月早已沉没于岁月的风尘中，古城已经习惯静默。在古城，你绝对听不到喧哗张扬之声，宁静、悠然、礼节、朴素……这些经过长久内敛得来的功夫，在这里彰显无遗。每每路过民居，往里一看，幽深的小巷尽头，四合院里一方天井，花台上是翠绿的银杏或芳香四溢的兰草，要不就是高高的火红的石榴或鲜红欲滴的樱桃。在霏霏细雨中，让人顿生归隐之心。

而另一条古街上的汉寿阁，古色古香的四合院里透着历史的厚重。大门两边的对联让人过目不忘：举杯高吟千古事，煮酒常思汉将军。昭化在先秦时代称为葭萌县，刘备在这里发迹并统一蜀国后改称汉寿县，北宋时改为昭化县而沿用至今。汉寿阁里围炉煮酒谈古论今，确实有几多伤怀、几多感叹、几多警醒、几多思念。三国时期蜀汉名臣费祎，这位被诸葛亮认为“良实，志虑忠纯”可堪重用和托付的大将军，集军事、政治谋略之才于一身，是蜀汉后期政权的顶梁柱。但他从不居功自傲，始终以诸葛亮为表率，鞠躬尽瘁，死而后已。为抗击魏国，他亲自带兵屯驻汉寿（昭化）并领命在汉寿城开将军府，使昭化成为抗魏的军事中心。由于费祎的杰出军事、政治才能，终使魏国军队无法前进一步。253年正月，魏国施计，费祎因军务后宴请部下欢饮沉醉被魏国降将郭循刺死于大将军府。至今，费祎墓仍在临清古城门不远处，供后人凭吊追念。

在昭化，每一块石板、每一堵木墙都刻着深远悠长的历史，而这些用血和泪编织成的真实故事，每当我们触摸它、翻阅它，总能感到灵魂的颤动、良知的颤动，以及内心的呐喊。作为古蜀道上的一处军事、政治、交通要冲，昭化为中国古代历史文化增添了丰富的内涵，也成就了无数顶天立地的英雄儿女，成为我们民族精神生生不息的宝贵财富。我所要叙述的有关这个女性的故事，虽非涉及疆场，但她的爱国与忠贞并不亚于战死沙场的壮士。她，就是后蜀国的花蕊夫人。965年春，宋军兵围成都，后蜀国皇帝孟昶不战而降，花蕊夫人极度悲愤，作《述国亡诗》：

君王城上竖降旗，妾在深宫那得知？
十四万人齐解甲，更无一个是男儿！

这样的人怎配当一国的君王，又怎配当自己的夫君？！悲愤、蔑视透过字里行间，溢于言表；无奈、打击似电闪雷鸣催人警醒。作为一个女性，花蕊夫人有如此见识且能表达得如此淋漓，实属难能可贵。纵然如此，作为一个亡国之妇，空有爱国之情，也逃不过被押往汴京的命运。在颠簸险阻的蜀道上，在昭化，在要告别祖国山河北出异域的时刻，花蕊夫人的悲愤再次转为内心深深的愤怒，她泉思汩汩，挥词一首于驿壁：

初离蜀道心将碎，离恨绵绵。春日如年，马上时时闻杜鹃。
三千宫女皆花貌，妾最婵娟。此去朝天，只恐君王宠爱偏。

这首《采桑子·题葭萌驿壁》不仅道出了花蕊夫人离恨交织的心境，更袒露了她对夫君孟昶的嘲讽："我虽然曾是蜀国最美貌的夫人，可一旦去了汴京，夫君（孟昶）啊，只怕你想爱我都不可能了。"国破家亡，总是让人痛心疾首。因此，千百年来，花蕊夫人的气节、良知、才情如她本人的美丽，让我们刻骨铭心。

时间如风轻轻拂过。像这样感人肺腑的真情实事，在昭化比比皆是。唐代利州（今广元）益昌（今昭化）县令何易于"县令挽舟"与"摧茶焚诏"的故事，不仅展示了何易于亲民、爱民、为民的崇高品质，也展示了他为官刚正不阿、清正廉明的典雅风范。当时，何易于的顶头上司利州刺史崔朴一行从利州乘船出发，沿嘉陵江而下，欣赏两岸风光，到达益昌后欲返航。行舟缺少拉纤人，崔朴要何县令征民拉纤，哪知何易于挽起官袍跳入水中拉纤而行。当了解到春耕季节农民不是犁田插秧便是采桑养蚕，时间不可强占，也许是天良发现，崔朴等一行人个个羞愧难当，纷纷跳下船，骑马回利州去了。

何易于在昭化为官三年，除上述故事传为千古美谈外，“摧茶焚诏”更显示了他高贵的品质。昭化历来盛产茶叶，由于民穷而以制茶出售养家糊口，但从古以来从未交过税。朝廷得知此事后，下诏征税。诏书到达何易于手中，何易于说，即便不上税，昭化的百姓生存都难，上税不是把大伙都往绝路上赶吗？遂将诏书焚掉。抗诣焚诏是何等之罪？轻者丢小命，重者诛九族。好在当时巡视全国的观察使吏知道了此事，被何县令这种敢于为民献命的精神所感动，并未向朝廷上奏弹劾。这两则故事，在《新唐书·何易于传》中均有记载。在古代，一个基层官员，无论他客观为民还是主观为国，能够始终将两者利益置于首位，这样的官员都是令人肃然起敬的。所谓“位卑未敢忘忧国”“一腔正气，两袖清风”，正是这种真实典型的写照。

在昭化，只要我们打开那扇进入历史的大门，就能读到那一本本厚重的史册，有古书院的遗风，有橘柏渡头的浪花，有古蜀道上沉寂的脚步，还有天雄关伟岸的英姿。每一段传说，每一个故事，都有着荡气回肠或深沉悲伤的情韵。在离开昭化的时候，我渴望着有朝一日能够重返昭化小住一段日子，也是在这样一个暮春的雨天，走进静谧的古城，在一座古老的木质结构的四合院里，租一间窗前有书桌的房子；在樱桃熟透的季节，在和风细雨中，展开书页，让远古崇高的气节和美丽抚摸我这颗历经沧桑的心。

风吹岭下

乐道，川南纳溪的一个千年古镇，坐落于风吹岭下，永宁河东岸。因川滇公路从永宁河西面穿过，所以岑寂美丽、山环水绕的乐道古镇并不为外人所知。

初春，我们从酒城泸州出发，经纳溪过渠坝，踏着青石板路行约2公里，来到永宁河边，河对面便是我迫不及待想一睹为快的乐道古镇。

乘木船渡河。船工肖师傅告诉我们，从前，乐道是云贵经永宁河入川的水陆大码头，泊船最多时每日大小船只可达两百多艘，商贾云集、人流如织，可谓盛极一时。如今，上、中、下码头清晰可见，由于公路运输快捷便利，永宁河河运已衰落。多年来，这些码头已然成为被遗忘的角落，只有这一两条渡船还在叙说着乐道码头曾经的辉煌。

乐道古镇并不大，但是它的美丽、古老、纯朴、热情却让我们留恋。

在古镇徘徊、走访，磨得光滑的青石板古街引人生出无限感慨，街两旁的吊脚楼和木屋又引发我们无数猜测，镇中的禹王宫、戏楼、茶社、酒馆让我们想起了古镇人从前的悲欢，而古镇场上头尾两棵黄桷树冠盖如林、粗如巨柱，繁茂的叶儿在微风中翻动，仿佛在诉说着古镇千百年来的故事和传说。

有关古镇的故事和传说有许多，让我印象最深的，是状元桥和抗战小学的故事。

状元桥与清代状元骆成骧有关，乐道这个地名也与骆成骧紧密相连。

据有关资料记载和当地老人讲，光绪二十六年（1900年），骆成骧领命前往贵州秋闱乡试主考。那时，从京城入黔、入四川沿长江乘船经泸州至纳溪走永宁河靠兴隆场（现在的乐道），再弃舟上岸，转走陆路古驿，既近又安全。骆成骧一行正是沿着这条线路行走。那天，骆成骧一干人马刚下榻古镇，忽闻飞马传报，母亲病丧。骆闻之，痛不欲生。忠孝仁义、国事家事、是非分明、善恶有别，是中国古代知识分子和士大夫的人生信条。骆成骧也不例外。有中国“穷状元”之称的骆成骧一生清廉，对国家和民族多有贡献，然至死贫得不能验棺安葬，这是后话。为了不耽误乡试考期，为朝廷和国家选拔人才，骆成骧只好在古道上祭母吊孝。当地县令、百姓民众被骆成骧爱国爱母的忠孝之心感动了，一同设香案，遥祭骆母的在天之灵。

祭典中轰鸣的铁炮把古镇旁的龙石桥桥身震裂，在痛哭中，苍天也为之动容，倾盆大雨，下个不停。直到祭典完毕，雨过天晴，骆成骧谢过众乡亲，才匆匆离去，奔赴贵州。

古镇人为感念骆成骧的忠诚仁厚和孝顺之心，在古龙桥修复后，将其更名为状元桥，把兴隆场改为骆道场，久而久之就叫成了乐道场。

如果说状元桥的故事彰显了古镇人敦厚善良、重情重义的个性的话，那么有关抗战小学的传说，则展示了古镇人在民族危亡的关键时刻，那种爱国爱家的大无畏精神。

在镇尾不足百米的地方，状元溪旁，风吹岭下，便是名震川南的第一所山乡“抗战小学”。赤红色的大门，白墙青瓦木轩窗，宽敞明亮的教室同时可容12个班教学，宽阔的操场前方2米高的讲台上立着4根石柱，柱子上分别刻有“打倒日本鬼子”“建国必成，教育英才”“还我河山”“收复旧河山”字样，这些石刻历经半个多世纪，仍清晰可辨。

这所抗战小学创建于1940年，由当时乐道乡乡长曾子平先生倡建。曾子平，泸州师范学堂恽代英先生的学生，其思想深受恽代英的影响，有爱国抱负和理想。当时，日本帝国主义在华北平原实行杀光、烧光、抢光的“三光”政策，并扬言灭我中华。为激发人民抗日救亡的热情，培育后代抗日救国的思想，曾子平先生“为乡人所利，动建学之愿，筹集国币六十万”，从1938年开始，在乐道场之上“凿山为基，下带溪流，上枕山麓”，历时两年建成。学校建成后，曾子平先生曾亲自撰写校训：

学文习武
报效祖国
抗日到底
光复山河

节假日，曾子平先生随同学生一道，渡河来到修建中的川滇公路，为筑路军民送水递茶，有时也进行慰问演出。从此，寂静的深山沸腾了，琅琅的读书声响彻乡野，抗战的歌声经久不息。一批又一批学生，毕业后走向了抗日的前方。当我们来到保存完好的学校旧址，看到这些石刻和校训，听到老人们的讲述，不禁激动无比，内心充满敬意，为故乡，为故乡的先辈和人民。

美丽的山水不仅孕育了识大体、顾大局的人民，也培养了他们热情、大方的淳朴性格。在古镇就餐时，他们端出了古镇最具特色的菜品让我们品尝，有抗战折耳根、乐道古肉、乐道古鱼、乐道脆皮鸡、乐道土鸡汤、乐道清水豆花……并拿出乐道养生酒助兴。同行的作家们都说，菜品是绝对的绿色食品，酒更是美酒，如果有一天这里成了旅游景点，这些菜品定能名扬天下。饭后，老板拿出纸墨，向作家们要字，辞赋家何开四先生略一思索，“仁者乐山，智者乐水，山水乐道”的一幅笔墨一挥而就，老板和众人齐声叫好。

我们匆匆而来，又匆匆而去，风吹岭下，迷人而美丽的古镇依旧，她的传说，她的故事，已深深烙在我们的记忆中，一生一世，难以忘却。

风雨罗汉

长江上游像这样的古镇很多，比如弥陀、泰安、沙湾、石棚……而罗汉古镇至少在明代就有声名。明嘉靖直隶泸州志里有这样的记载：城东十二里，场上建有寺而名罗汉寺场。后几经扩展，名罗汉镇。

看来，罗汉镇果真与僧人和佛教有着千丝万缕的联系。很早前，有位得道高僧路过此地，面对深入江心的土地滩和滔滔江水，感叹水路难行，生灵必有灾难，遂焚香打坐，为百姓念经祛难。民众有感于他的善举，集资在场上建寺，以为纪念。那时的交通，主要靠水运，从下游乘船去泸州城，路过罗汉镇，乘客一般都要下船，一是去寺里烧三炷香祈求平安，二是步行绕过土地滩，待空船驶过湍急的滩口后，再乘船往上游而去。即便如此，千百年来，在土地滩口船毁人亡的事也时有发生。虽然在土地滩岸上的山顶，在清末曾建有新白塔以镇河妖，江河水仍然无情地在吞噬着无辜的生命。直到新中国成立后的 20 世纪 60 年代，人民政府有规划地炸掉了滩涂暗礁，疏通了长江河道，才使罗汉镇出行水路的人脸上有了灿烂的笑容。

辉煌的罗汉镇，因居水路要冲，来往客商如云，香火鼎盛时，最高达到上万之众，对于一个小小的场镇，其繁华程度可见一斑。依山傍水的罗汉镇，曾引得北宋大文豪黄庭坚痴迷。暮春之时，镇首山坡上芳草萋萋、溪流淙淙，被贬于川南的黄庭坚游经此地，不慎马失前蹄，他站起来后不怪马匹，竟将心中块垒向溪水发泄，指责溪流为“拙溪”，后人将此二字刻于石上，参观者络绎不绝，久之，遂成佳话。20 世纪 70 年代末期，我求学于镇旁的泸州市三中，闲时曾去拙溪旁玩耍，亲见铁画银钩般的“拙溪”二字，深感好奇和震惊。其实，在泸州境内，留有黄庭坚笔墨的地方还不少，比如泸州玉蟾山山上的“玉蟾”、纳溪晒鱼滩石壁上的“二月茶”等题刻，人们对黄庭坚的热爱源于对他的人品、才华以及豁达人生态度的敬重。

镇尾临江处，不知何时何人植的黄桷树，也不知经历了多少风雨、见证了多少兴衰荣辱，只道是，栽树人当时在这渡口和码头旁栽树，为的是乘客能有一处遮阴的地方。而今陆路取代水路，渡船不在，黄桷树依旧华盖如林、郁郁苍苍，在春风浩荡里，哗哗的树叶声像在诉说悲伤的往事。

古镇第一次遭劫难，是在明后期。那时，朝廷黑暗、腐朽、专制，再加连年灾荒，农民起义风起云涌。张献忠被迫入川，与追剿平叛的明军且战且退，战火过处，房屋毁损，民不聊生。处于风水宝地依山而建的美丽的罗汉镇毁于一旦，寺庙楼宇因火患而荡然无存。明末清初，有着“天府之国”美誉的巴蜀大地十室九空，有的城市几成空城，常有老虎出没其间，这才有后来社会稳定后的大移民——湖广填四川。百废待兴的罗汉镇又迎来了重建发展的机会。不多久，安身立命的民居沿青石板路两旁接二连三建起，酒楼、茶号、盐店纷纷开张，在原址重建的罗汉寺香火续燃。无论战争多么残忍血腥，老百姓都不会放弃对社会安宁与和平生活的期许。

罗汉镇历经的风雨和兴衰，其实是中国社会发展的一个缩影。远的不说，单是发生在泸州中国近代史上的护国战争，便可窥一斑。那时驻防泸州的袁军纪律松散，常常下乡抢掠百姓，弄得民怨沸腾。小小的罗汉镇也不例外。乡场上，有位知书识礼的陈姓绅士进城为民请愿，竟被驻军首领训斥。这位绅士羞愤之际慨然道：这样的军队不亡，天理不容！后袁世凯逆历史潮流称帝，与蔡锷将军领导的护国军激战于泸州纳溪的棉花坡，袁军惨败，复辟梦破。是时，以棉花坡一役而成名的滇军名将朱德，以其智慧和勇敢闻名海内外。

在历史的长河中，由罗汉镇演绎的大悲大喜的故事还有很多。罗汉寺的香火不在，源于新中国成立前国民党政权飘摇不定，行将土崩瓦解。罗汉寺作为伪乡政府的所在地，坚决杜绝僧众往来，镇上和周围一批进步人士和地下党员因叛徒出卖被捕，惨遭酷刑和屠杀，那是黎明前最黑暗的时期。国民党的一座大型兵工厂离罗汉镇不远，为了掌握和查明敌人撤走后留下的暗藏特务，中共地下党不得不派出精干之才潜入敌伪政权。

你相信镇上那个四十开外的糖食铺李老板是地下党吗？你肯定不相信。他卖糖果给小孩、卖副食品给乡邻，总是斤斤计较，甚至缺斤短两。他与伪政权的人员相处，总是烟酒相敬、兄弟相称。20世纪70年代，我在罗汉镇旁的中学就读，亲耳听古稀之年的李老板为我们作阶级斗争报告，不得不为李老板的大智若愚所折服。由此我更相信古人所说：水不可斗量，人不可貌相。这确是一句亘古的箴言。

如今的罗汉镇，古街依旧，屋舍依旧，你走在青石板路上，寂寞中便有苍凉的感觉，多少风雨中，多少传说里，总会生出无端的感慨。好在政府的规划已经出台，一桥飞架镇旁，古镇的改造和滨江路的打造将为罗汉的新生添上无穷的动力。罗汉崭新的传奇将再次演绎精彩，让世人重新击节叹赏。

赤水千载思悠悠

全长约500公里的赤水河，发轫于鸡鸣三省的云贵川接合部，流经三省十多个县区后，经四川合江注入长江。赤水河的源头：一是在云贵结合的渭河，一是在川滇融汇的依尔果河。赤即红，夏秋水红，曰赤水河，只有冬春，水清澄碧，你才能看到赤水河的深邃和美丽。迄今为止，在这颗蔚蓝色的星球上，这是未被污染的极少数河流之一。

千百年来，关于赤水河以及与其相关的故事和传奇浩如星海，而我将要讲到的，正是这星海之中的点滴。

赤水河上有两个地名叫赤水的：一个是位于赤水河下游的贵州省赤水市（县级市）；一个则是本文所写的，位于赤水河上游的四川省叙永县的赤水镇。

远在封建王朝时期，赤水镇作为中央集权通向西南边陲的口岸要冲，在军事、政治、交通、商旅等方面的重要性自不待言。相关资料显示，唐天宝中平南诏乱，东路进军即从永宁（今叙永）走赤水始。明代军功累累的颍川侯傅友德将军平定边疆之乱，也是从赤水调军走向远方的疆场。

可见，当年的古驿赤水镇，远非一般军事上的边关要塞，而是关系到国家生死存亡的桥头堡。因此，历朝对赤水镇都非常重视，从未松懈。至少在明朝建立之初，赤水镇便开始设立县丞，相当于现在的副县级官员，县丞又分文县丞和武县丞。文武官员，既相互协作又各司其职，倒也其乐融融。我曾在赤水街头行走，依山脚而建的古镇错落有致。在镇政府的一个屋基上，我找到了一块文县丞的石碑。有人告诉我，当年文县丞府衙就在这里，而我要寻找的武县丞衙门却不知所在。这令我多少有点遗憾。之所以对赤水镇如此念念不忘，是因为下面我要写到的人和事，让我感慨万千、心生敬意。

明朝中叶，一个祖籍陕西名叫李刚玉的人，因科考武举而任赤水卫，掌印守备。他在位时，亲民爱民，敬业守边，深得百姓喜欢，与酱染腐朽的官场格格不入，致退休后两袖清风，无盘缠归籍。当地百姓念他的好，合伙在镇西山头的老鸦箐为他搭建了房屋，才使他有了安身立命之所，寿至120岁。此事在《叙永厅县合志·艺文志》里有简略记载。故事并没到此完结：晚年的李刚玉安定下来后，常常想，好男儿当志在四方，年轻时能为国守边是光荣，年老了还能为国屯边是自豪。既然乡亲们对他好，他也要回报乡亲们。陈价曾经说过：国家社稷，百姓生活无小事。陈价何许人？明初官至都御使，相当于现在的最高检察长。他为官清廉、谦谨和易，因出重拳治腐败之风得罪了不少人，后以边事议谪居永宁赤水。陈价是李刚玉一生最敬重的人之一，对李刚玉影响很深。还在守备任上时，李刚玉就跑遍了赤水的山山水水，对彝寨、苗寨等少数民族的生产生活了如指掌。因为气候和土壤等原因，当地少数民族喜种李子，赤水河岸从山脚到山坡到处都是李子树，山岭坡头野生的李子树也不少。李刚玉将自家屋外的弃地耕耘出来，选择较好的野生李子树，或向少数民族同胞讨要，栽种于自家地里。年复一年，他将挂果汁多、甘甜、饱满、色泽均匀的李子树扩大栽种，品质差的果树淘汰掉，几年下来，果树成林、郁郁葱葱。他告诉乡亲们，这些果树是他为乡亲们栽的，赤水这片地方，最适宜种植李子树，不要辜负了上苍的恩赐。

如今，赤水镇的李子闻名遐迩。这不能不说与李刚玉当年的种植、传授、推广有关，不能不说与当地百姓的种植传承有关。凤凰李、黑袍李、冰脆李等优良品种早已远销全国各地，上万亩的种植富了边地的父老乡亲，春天满山的连绵的李子花海让人沉醉。我曾在李子成熟的季节走遍赤水镇的村寨，到处是采摘果实的笑声，路边屋下是收购李子者和出售李子者欢乐的讨价还价，每颗李子的甜蜜都沁入品尝者的心灵。原来幸福如此真实，就在自己的身边和手上。我忍不住问路边那个售李子的小姑娘："知道李刚玉不？"姑娘羞怯地摇摇头。不知者不为过，毕竟几百年过去了，不要说李刚玉是谁，就连老鸦箐具体在赤水镇的什么地方，知道的人也太少了，我问了不少当地人，没一人知道。

我有点失望地在古镇上徘徊。我想，历史是不应该被忘记的。我给当地领导提了一个建议：赤水镇至少应该塑两个雕像，一个是奢香，一个是李刚玉。前者为了民族大义和中华民族的大融合大发展，说服了部落同仁，忍辱负重，抛弃个人恩怨，历经数载，开通龙场九驿，使边地落后的生产方式融入中原先进的生产方式中，从滇黔边陲通往中原大地的第一站，就是从赤水镇开始的。这是一件具有划时代意义的大事，作为少数民族首领的奢香，其政治抱负和魄力，其政治眼光和才能，远非常人能及。李刚玉虽然在历史上名不见经传，但他在赤水一生为官廉洁、为民造福的义举，亦让苍天感动、后世敬仰。这样的塑像会让我们知晓正义的力量和社会的清明。

思念如赤水河水静静流淌，我的心情也随之轻松了不少。我从当地有关领导处获知，根据赤水镇的具体镇情，赤水镇已经被上级部门规划为有机水果种植带和乡村旅游示范带，在不久的将来，旧貌换新颜的赤水古镇一定会用生机勃发的容貌，为当地百姓再造福音，为广大游客带来惊喜。果如此，我们对先贤们的思念和追寻，以及先贤们曾经的努力、求索，便获得了应该有的价值和意义。

镇龙山

龙山是古蔺县的一个古镇，位于乌蒙高原北麓边缘。因山似巨龙，故称龙山，古镇又恰好建于龙山山腰，故又称镇龙山。龙山或镇龙山，这两个称谓都没有错，广义上讲，就叫龙山镇，当地群众更习惯叫镇龙山。站在龙山对面山头观龙山，古镇蜿蜒起伏，犹如一条巨龙，壮观气派。当地人告诉我，原本龙山水草丰茂、人畜兴旺，因天上一条龙犯罪遭罚，遗落龙山。如饥似渴的恶龙将方圆十里的溪水饮干后，躺在山头再也动弹不了了，慢慢化为巨山。从此，龙山终年干旱。百姓为了消除龙山的劫难专门建镇于此，以表永远镇住和消除罪恶根源的决心。

至此，我在龙山漫游，终于弄明白了龙山的来历。讲到龙，人们一般会联想到真龙天子，那是至高无上权威的象征，手握生杀大权，或让你荣华富贵，或让你死无葬身之地。在龙山，人们衡量真理的标准只有一条，假恶丑永远是假恶丑，真善美才是他们的终极追求。龙山镇，多么美丽的称谓，让我心生敬畏。

镇龙山建镇的历史至少有400年。镇山头的东皇庙有一石碑，碑刻上明确记载：东皇庙始建于1571年，为该镇民众消灾祈福、信教学佛等而建。由此可见当时镇龙山的兴旺和繁盛。一般来讲，在边远山区的古镇和庙宇鼎足而立，除了说明这个地方的山形风水有特别之处外，就是它的包容性很强，不是封闭式的，而是开放式的。连接云贵川的一个山区古镇，早在几百年前，便是一个颇有影响的商贸古镇和物资集散地。内地的盐、布匹，边地民族的山货、牛马均在此交易，长此以往，镇龙山就繁荣起来。古镇迄今保留下来的青石板，或许还留存着远古清晰的记忆。

镇龙山值得讲述的故事很多，最值得呈现的，当然还是红军的故事。1935年初春，红军为了二渡赤水的成功，采取声东击西的策略，做出奔袭镇龙山、夺取古蔺城、誓过长江的态势，让镇龙山的守敌一触即溃，纷纷逃往银庄而不敢出战。镇龙山的失守让国民党守军大惊失措，重新调兵布防。红军在毛泽东的指挥下，抢得先机，成功渡过赤水，取得了红军长征途中的决定性胜利。镇龙山奔袭战在当地群众中广为传颂，被世人称赞。

讲到被人称颂的故事和人，还有两位在镇龙山也是家喻户晓的。这就是镇龙山人们所说的“武有邓幺婆，文有邓均吾”。知道邓幺婆本名的实在太少，知道邓幺婆会武功的人就更少。出身贫苦人家的邓幺婆漂亮、英武，年轻时便加入了共产党，嫁到镇上邓家后，与爱人一道从事党的地下工作。接到红军要奔袭镇龙山需要地下党组织配合的指令后，邓幺婆临危受命，一天之内跑遍方圆百里通知其他地下党员前来做好接应准备。奔袭站打响的那一晚，地下党组织积极策应，打开了镇龙山的镇门，为拿下镇龙山起到了积极作用。红军撤走时，邓幺婆的爱人已经暴露，随红军一道参加了长征。恼怒的敌人反攻倒算，要拿邓幺婆开刀。邓幺婆想走，但敌人已经逼近家门，一个闪身，邓幺婆迅即跑进卧室，收身紧气，屏住呼吸，紧贴床板下。敌人闯进屋子后，搜查无果，邓幺婆硬是躲过一劫。

后来就传说邓幺婆会隐身术。新中国成立后，县政府通知邓幺婆去城里开会。当她知道苦苦等待了近20年的男人已经不属于她时，表现得非常平静。会前有工作人员对她百般安慰，邓幺婆只是淡然一笑，似乎并不放在心上。在返家的路上，当身边再无他人时，她才面向墙壁，号啕大哭。撕心的痛，纠结了几十年的爱与痛，在那一刻，痛痛快快地释放了出来。此后，邓幺婆再也没有离开过镇龙山一步，至80多岁高龄离世，都未向别人提起她传奇而悲痛的一生。

被现代大文豪郭沫若先生称为天才诗人的邓均吾，出生于镇龙山的一户书香门第之家。他从小外出求学，青年时期为了追求革命、理想、文学，在上海参加了进步组织，成为郭沫若发起的新文学组织“创造社”的重要一员。邓均吾创作的诗歌后来结集出版，即《邓均吾诗词选》，在中国现代文学史上占有重要地位。他翻译的外国文学作品，也深受当时青年们的喜爱。应该说，邓均吾为中国现代文学事业的发展和繁荣做出了积极贡献。邓均吾后来加入了中国共产党，新中国成立后，曾出任重庆市文联副主席。

镇龙山人杰地灵，历史底蕴深厚，所处位置独特，当代人才辈出。随着社会的发展，镇龙山将再次迎来历史性的机遇，乌蒙山贫困片区的扶贫开发力度空前提高，古叙山区位列其中。通往贵州的高速公路将过境龙山，龙山将串起周边乡镇，成为新的物资中转集散地。煤炭、烤烟及农副产品将不断运往四面八方，而相关和所需的内陆产品也将运向山区，成为百姓生活的所盼。镇龙山的繁盛和再次闪烁的光华将指日可待。

在阆中：怀念两个人

每次去阆中，去这个有着两千多年历史的古城，都有诸多感悟。这次到阆中，入住落下闳大酒店，瞬间便有了历史的纵深感。作为我国古代有名的科学家和天文学家，落下闳的大名在时光的长河中，始终熠熠闪耀、光照后人。

众所周知，落下闳在西汉时期编制了《太初历》，提出“浑天说”并制造了浑天仪，创造性地将二十四节气纳入《太初历》中，同时他所创立的春节为一年之首，这也是春节这一节日的由来。作为阆中人，落下闳的名字迄今还被阆中人念念不忘，由此，阆中向国家有关部门申报的“全国春节文化之乡”也就实至名归了。不唯在国内，就算在国际上，落下闳在天文学界也是被举世公认的。英国科技史学家李约瑟称他为“中国天文史上最灿烂的星座”。在浩瀚的星空中，有一颗国际永久编号为16757的小行星，被命名为“落下闳星”。虽然落下闳已离开我们两千多年，但他的大名就像那颗璀璨的小行星，永远闪耀在人们的心空。传说汉武帝对落下闳的智慧和天文学功劳颇为推崇，一心想要他出任有关方面的高官，但他都推却了，而是申请回到故乡，在民间做天文研究。落下闳的才华、品行，以及执着的探索精神和不为名利所动，一直为我所敬仰。

我在阆中游历、行走，在阆中人淡定、微笑的面庞中，深感阆中人的生活是如此和谐、快乐。从他们在劳动忙碌之余对生活的那份憧憬和品评中，便能略见一斑。他们根据二十四节气出产的食材所做出的菜品，让人惊讶和赞叹，什么雨水菜、清明花、春分笋、芒种梅……不一而足，让人在餐桌上便能感知大自然的美好和馈赠；同时，也让人因深感时光的易逝而加紧奋斗，在二十四节气中，懂得缤纷美食过后的感恩。只有如此，你才能在鳌山仙境中体会到樱花盛放的美好；在鳌山寺庙旁品味到那杯阆中绿茶的甘甜清香；也才能在老观镇和南津关看到亮花鞋姑娘表演的笑脸，让我们略显疲惫的身体稍稍感到放松。青春多重的色彩在舞动，鞋面上针线绵密的图案一一呈现，让人眼花缭乱、浮想联翩。生活的花团锦簇在阆中人看来，也不过如此，只要你心里快活，你便快活；只要你付出了，你便会感到幸福。生活原来如此简单，难怪亮花鞋姑娘们的舞蹈如此欢快、整齐、有力，让人称奇。

厚重的历史人文，多姿多彩的民俗风情，让我们对阆中有了别样的认识。这次我到阆中，还对另一个历史人物怀着敬重之情，那便是从时间深处逐渐浮现出的张飞。三国时期蜀汉王朝五虎上将之一张飞，在阆中率部驻守达七年之久，他的英名和传说早已流芳千古、世人皆晓。

传说五尺蜀道上的古老柏树为张飞率部所植，历经两千多年风风雨雨，至今仍然华盖如林、郁郁苍苍。所以，后人又将其称为张飞柏。在高速公路网四通八达的今天，要看张飞柏，只能走三国蜀道方能如愿。在阆中，还有一样东西让人喜爱并念念不忘，那便是味道极佳的张飞牛肉。据说当年张飞率部出征时，为了保障部队的后勤补给，便宰杀黄牛作为食材，而为了方便士卒携带又不让牛肉时间长了变质变味，便将牛肉切成小块卤熟，又用柏树枝熏黑保鲜，待需食用时再切开，果然味美如初，不仅在当时受到将士喜爱，而且流传至今，成为世人食之不尽的绝佳美食。

如今，阆中张飞牛肉建有工业园区，整个阆中相关乡镇村社，每年都要养上万头优质黄牛交给园区。作为张飞牛肉重要的原材料供给基地，工业园区这种“公司＋农户”的合作模式，为企业和农户增收双赢打下了坚实基础。无论去不去阆中，我对张飞牛肉都情有独钟，总是百吃不厌。

谁能想到，张飞带给阆中人民的红利，两千多年后仍在释放。而汉桓侯祠（即张飞庙）至今仍是阆中古城的一个重要景点，传说在春节或一些重要节日，只要有空闲，张飞都要与民同乐，比如扎花车巡游，搞射箭、武术比赛等，深得百姓喜欢。传说张飞是个有勇有谋之人，并非那种头脑简单者。问题是，深受人们爱戴的张飞将军，怎会被手下刺杀致死？

阆中的朋友告诉我，传说当年为报兄长关羽之仇，刘备兴兵讨伐东吴，张飞领命率部前往征讨，他下令三军必戴白盔身穿白衣白裤，三天后出发，违令者斩。不知怎的，号令传到军需官张达、范强耳里，被误听为三天赶制百套白盔白衣白裤，违令者斩。张达、范强明知完不成任务，遂起了先下手为强的杀心。

无论传说怎样牵强附会，实际上都表达了阆中人对张飞的爱戴和敬仰。

张飞的死，其实因由很多。客观上讲，如果刘备能听从诸葛亮、赵云等谋臣的建议，不急于兴兵伐吴，而静观魏吴变局，等待时机逐一攻伐两国，则天下时势将会是另一番样子，张飞也不可能死于非命。但历史不能假设。

古人讲究义，张飞为报兄仇，刘备为报弟仇，当然都是义，都值得大书特书。问题是，义有大小之分，仇有大小之别，孰轻孰重，一眼便明。主观上讲，张飞报仇，却是建立在鞭打手下甚至要人命的极端方式下，则这种义就显得太狭隘，所以，才导致杀身之祸，作为一支军队的首领，这种错误算不算低级？至于刘备，统帅三军攻打东吴，其最初的目的是要为关羽、张飞报仇（张飞手下范强、张达残害张飞后，携其首级投奔了东吴），在蜀汉大军先后将杀害关羽、张飞的敌将和叛将一一杀掉，大仇将报之时，按理说，应该班师回朝、以图天下才对。但刘备不但不听身边谋臣马良言，而且口吐深埋内心的真言，切齿仇人乃孙权，定要先灭吴再灭魏。作为一国之君的刘备，看来也并无多少深略的智慧和高远的眼光、韬略，更遑论那种胸怀天下兼济苍生、舍我其谁的气魄！所以，正是因为他的刚愎自用、一意孤行，才被陆逊火烧连营七百里，导致蜀汉王朝最终元气大损不可恢复的悲惨结局。

不管怎样，张飞在阆中驻守七年间，那些亲民爱民的故事，那些义薄云天的传说，都让我深深感动。中国历史的长河里，出现过落下闳、张飞这样的人物，不仅为阆中注入了光鲜的一笔，也让我们在阅读、游历阆中时能久久回味、不忍离去。

第四辑　大地的热爱

金口河的山

山地面积占总面积 99% 的金口河区，境内群山连绵、山势峭拔，其垂直落差可达 3000 米以上。到了金口河区，深入到这样一个群山重叠的世界，不说说金口河的山，是毫无道理的。

金口河的山，形形色色，千千万万。一方面，它冷峻、高高在上，甚至险恶、不近人情；另一方面，它又温柔、甜美，水草相呈，万花竞放，给人滋养。要说金口河的山，即便讲上三天三夜，也讲不完、道不尽。那么，我就讲讲我较为熟悉、较为喜欢的几座山。

位于大渡河峡谷国家地质公园附近的坐佛山，海拔 2000 米以上。无论从远近看，还是左右看，其佛像的造型都栩栩如生，这千万年的自然造化，让当地居民多了几分对自然的敬畏，从心底生出与自然和谐相处的念头，而坐佛山的自然环境在人们的保护下，又反过来护佑着这方百姓的平安。

平安虽是幸福生活的前提，但是，如果不解决温饱、不消灭贫穷，幸福的平安也是不会长久的。因大山的高耸、陡峭，人们的生产、生活、出行等受到严重制约。为了解决这一难题，让当地群众在精准扶贫中尽快脱贫，经过实地调研，区委区政府在大渡河边较为平缓处规划建立起了高标准、高质量的扶贫旅游新村，将该区永和乡胜利村，包括居住在上千米高山上的村民，整体搬迁至此，让“云端上的遗民”真正过上了平安幸福的生活。

我在胜利新村一栋栋颇具川西民居特色的房前徘徊，在宽敞明亮的白加黑大道上漫步，巧遇从山上采摘老鹰茶归来的王姓山民。当我们聊起坐佛山，聊起现在的好日子时，他的脸上不禁有了灿烂的笑容，连连说道：你看，我现在在新村不仅有了一楼一底的新居，有了幸福的安乐窝，政府还在山上平坦处为我们规划种植了有当地特色的老鹰茶和花椒。吃住行都解决了，还让我们有了稳定的收入，这就让我们的生活真的无后顾之忧了。老鹰茶，在我故乡山区也有，多系野生，量并不大，完全是一种原生态的有机茶，味甘、解暑、清热、耐泡。对于这种健康天然的饮品，我是非常喜欢的。当地居民多系自己种植、制作、销售。在胜利村，在这个带有旅游性质的村庄品饮，我认为这是一款非常了不起的产品。我想，坐佛山下品老鹰茶，应该可以体会到一种生活的不易和禅性。

胜利村新房墙面上，绘有铁道兵建成昆铁路时的各种场景。成昆线正好从胜利村旁穿过，并在此建有一个小站，名关坝站。全国唯一的成昆线铁道兵博物馆也建在胜利新村旁。成昆线作为20世纪人类征服自然的奇迹之一，其战无不胜的拼搏精神，早已铭记于世人心中，也载入史册。据说，就在附近山下，还埋葬着几十位因修铁路而牺牲的战士，他们为了祖国建设而牺牲自己的大无畏精神，将永远激励着后人前行。

发生在坐佛山下的这一幕幕，让胜利新村增添了几多传奇、几多不凡的故事，也一定会给南来北往的游客几多思索和启迪。

那天，当我要离开胜利村时，回头眺望高高的坐佛山，发现它的笑容更加真诚、虔敬。也许，它是为着今天山民们真正幸福生活的开始而灿然于心吧！

现在，我要说一说金口河区众多传奇大山中的凤凰嘴山。

这座大山形如一只凤凰展翅后回头眺望。为什么振翅欲飞却又回望留恋？因为在这座山旁，有一片上千亩的平坦之地，这里土壤肥沃、溪流潺潺、青草茂盛。这在多山地面积的金口河地区是难得一见的一块风水宝地，难怪传说中的凤凰也要化身于此，千百年来守护这片美丽之地。这一美丽传说，表达了当地各族群众对美好生活的向往。此地离大瓦山国家湿地公园不远，因此，当地政府拟将此地打造成旅游康养胜地，作为对大瓦山国家湿地公园后勤基地的补充。若这一规划能落地施行，当地群众将是最直接的受益者。

大瓦山是金口河区最具代表性和最有神性的山。实事求是地说，我是读到著名作家税清静先生的长篇小说《大瓦山》才逐渐了解并喜欢上金口河和大瓦山的。一般来讲，由于自然环境和地缘环境的恶劣影响，山区生活往往颇为艰辛、困难。但是，大山往往又有温情的一面，它的自然资源唯一性的馈赠和善解人意的青山绿水，又带给人们意想不到的惊喜。我以为，大瓦山正是这方面的明证。

作为峨眉山的姊妹山，即便在资讯发达的今天，知道大瓦山的人也并不多。

桌状式的大瓦山远看似一匹马，海拔 3000 多米，山顶像平坦的桌面，占地约 1700 亩，奇花异草无数，原始森林密布，溪流清澈环绕，珍禽野兽众多……虽然此山并不是太高，但由于四周多绝壁，登顶的人迄今不多。正因此，它是现今很少被人破坏的圣山之一，被外界称为“世界上最具魔力的空中花园”。据说，山顶上还留有寺庙，寺庙名为燃灯寺，庙内有燃灯佛。有人说，燃灯佛与乐山大佛是同时打造面世的。如此，年代不谓不远，但终因路途险恶崎岖，寺庙内早无人迹，倒是森林依然葱郁，溪流依然流淌，鲜花依然盛放。

我到金口河时正值三月下旬，朋友说大瓦山的花期是五月，那时的杜鹃花漫山遍野，转转花红遍大地，壮观无比。说者无心，听者有意，我想，今生若有机缘，一定要登上大瓦山，一览究竟。

大瓦山的美，除了前面文字记叙外，我以为还与它四周五大池的簇拥护卫相关。

这五大池即大天池、小天池、鱼池、干池、高粱池。这些天然形成的湖泊，有的水深澄澈、碧波荡漾；有的水干底现，年代久远，颇有地质科考价值。而野生高粱池更让人久久思考：在这人迹罕至的高山湖泊，怎会有野生高粱的诞生和绵延不绝的生长？

围绕大瓦山的这五大池，其美艳和大瓦山的雄壮已成浑然一体之势，彼此无法分开，共同构成了世间绝佳风光，充满了神秘色彩。

我在大瓦山下的五大池行走，深感自然的美好和造物的公平，一边感慨高山的陡峭狰狞，一边又感叹大山的俊秀可爱。

那天中午，在干池旁的凤池山庄午餐，我品尝到了洋菜——当地人称为水上漂或水芹菜。这种菜的形状、色泽、味道与我故乡的藤藤菜（又叫过河菜）相似，但洋菜的口感更细腻、润滑。听乐山市作协主席徐杉女士介绍，这种菜是20世纪初西方传教士到金口河传教时，带给当地老百姓种植的。此菜因为易于生长、见水即活而受到百姓欢迎，也给当地老百姓的生活带来了极大的便利。我曾问当地朋友，这种菜既然秀色可餐，何以未推广种植？后来才知，此种菜虽喜水，却必是洁净之水；虽易活，却必长在海拔2000米之上。如此，注定这种有机绿色食材必在特定环境里才能享用得到。也就是说，你只有亲临大瓦山的怀抱，才会有此口福。

有着“自然生态博物馆”和“野生动物植物基因库”的大瓦山，是金口河乃至人类的圣山之一，只有当你走进它、了解它、亲近它、热爱它时，才会真正领略到它曼妙的风光和丰富的内涵。

马边的热爱

从成都出发，穿越成都平原，过峨眉山，直到进入马边县境，我的思绪才兴奋起来，我对马边的热爱渐入佳境。

这是因为，马边境内的山，青翠苍绿；马边境内的水，澄澈透明；马边境内的天空，蔚蓝沉醉。一路风景渐次洗亮了我的眼睛，更洗亮了我的心扉。

抵达马边县城，是日黄昏，我在马边河畔独自冥想，在散发着微湿的空气里，在温暖撩人的河风中，我贪婪地吸吮着净洁美好的空气，听着不断流淌的河水奔涌向前的声息，不禁感慨万千。

马边，身处小凉山腹地，因位于马湖边边上而得名，现在属于四川乐山市的一个彝族自治县。县城所在地为当时的赖因寨。马边建县历史虽然只有 400 多年，但其人文历史、自然资源、天然风光却十分丰富，让人称道不绝。

我以为，马边要走向富裕，就要走全域旅游的路子，依托境内丰富的旅游资源，秉承“绿水青山就是金山银山”的理念，重点规划打造全县各乡镇的特色旅游，比如一镇一绝、一寨一品等特色。诚然，马边的磷矿资源非常丰富，但开发应当有序，且应是在条件充分的基础上。比如现在，如果有一条专门的快速通道对外输运，就不会对现在马边较为脆弱的交通形成巨大压力。我相信，把大量开采留给后人，不仅能留给后人一笔巨大财富，还会留给后人更好的绿水青山。而现在我们规划打造马边的全域旅游，可能会是一个前景无限的产业，这对于马边的经济文化社会发展，肯定会起到巨大的推动作用。

我曾在老县城散步，在一段旧城墙边触摸其厚重而远去的历史。据说，这城墙是第一任马边厅同知汪京所筑。大约在距今400年前，大明王朝行将崩溃的前50年，朝廷任命汪京赴小凉山平息“三雄之乱”，平叛班师后，汪京就任新设置的马边厅（相当于现在的县）同知。这是一个深明大义、智慧高蹈、德行高标的官员，也是一个想干事、敢干事、干好事的官员。“三雄之乱”平定后，马边百废待兴，急需稳定重建，汪京不等不靠不要，主动作为，在调查规划后，带领一应地方官员和广大民众，筑墙修城、兴办教育、传播文化，并开建屏（屏山县）马（马边县）驿道。特别值得一说的是屏马驿道（史称叙马驿道），全程近200公里，修路经费严重不足，汪京就带头捐献一年俸禄，“头羊效应”不期而至，当地各阶层人士纷纷响应。屏马古驿在当地官民齐心协力下，很快建成。汪京不仅带头捐俸，还经常坚持在筑路一线指挥、慰问。相传，在修路期间，汪京女儿出嫁。汪京想为女儿添置嫁衣都不能如愿，因为手头银子实在太紧缺了。屏马古驿的建成开通，不仅为百姓生活和出行带来了极大的便利，更促进了彝汉文化的融合交流，促进了边地经济文化的快速发展，在军事、政治层面也更为积极、更有意义。当地百姓有感于汪京的功绩，专门把屏马古驿改为“汪公路”，并勒石为铭，传播四方，以示对这位好官、清官的颂扬。汪京知道此事后，心想，屏马古驿的建成开通并非一己之功，系永宁军和以赖因寨等当地百姓为主的众多人士的参与，才得以成功，遂派人将“汪公路”三个字铲去，同时亲自手书“永赖同功”四个大字，令人刻于石壁，以示后人。2017年和2018年4月，我先后两次应邀到马边采风，路过那片高耸云霄的石壁，远远看见那四个方正敦厚、历经400年风雨而未消失的大字，不禁心生感慨。这一历史事件，迄今依然闪烁着人性美好的光芒。我曾经说过，如果马边要施行旅游兴县的举措，除了自然风光的有序开发外，人文底蕴的挖掘，比如“永赖同功”的故事，就应大力宣扬，如对“永赖同功”遗址的保护开发，在县城修建汪京公园、汪京广场、汪京文化长廊等。自然的山水与一身正气、两袖清风的汪京是多么和谐啊！

马边的另一人文古迹明王寺也是个有意思的地方。此寺建于明朝成化初年，距今500余年，比马边建县历史还早百余年。它最大的特点是儒、释、道三教并存，僚、彝、汉等民族共建，其人文历史的厚重和文化的多样性让人感慨万千，值得深度挖掘和打造。寺庙因建于山上，故建有坚固的碉堡，是社会动乱时的理想避祸之地。因其特殊的内涵，明王寺的旅游价值可见一斑。

在马边，除了正宗美味的彝族大餐，除了热烈奔放的彝族火把节，除了大风顶的辽阔无边，除了烟风新寨的民风民俗，除了会步新村的农耕展厅，除了边城夜晚的灯火灿烂，更为打动我的，还有这里的人与物。

我能走进马边，了解马边，逐渐爱上马边，与一个人有关。他，便是马边县文联名誉主席张三才先生。张先生在马边工作一生，将马边视为自己的故乡，对马边有着深深的感情，他的品行操守、工作成就、待人之道，都给我留下了极深印象。比如，他对马边的宣传，从文学角度积极挖掘打造的长篇小说《永赖同功》的出版，让世人了解到在马边历史上，还有这样一位了不起的英雄人物。这不仅增加了马边人文历史的厚重感，也为马边今后的文化旅游打造提供了素材。不仅如此，他还积极培养、举荐各类文艺人才，比如彝族歌手阿洛夫基、诗人陈远、作家夏书龙……这一干人马，支撑起了马边文学界的天空，让我深感马边是一座有文化气息的边城。

那天在车上，听阿洛夫基原汁原味的彝族歌曲，那词曲的内涵感动了我，更为重要的是，那颗真诚而动情的心深深感染着我们。难怪同行的诗人张新泉先生写道：

当许多声带发炎，胸腔萎靡
当许多假声集体嗲声嗲气
当西瓜霜和润喉药
扶不起一嗓雄豪
小凉山就近了，马边河就近了
近在耳畔的是：彝人阿洛夫基

是的，对马边的热爱，太多。作为一个酷爱饮茶者，最后，我要说，我热爱马边的绿茶。每每冲泡一杯马边的茶，我就仿佛回到了马边山青水秀的怀抱，那碧蓝天空下纯净的空气让我精神倍爽，那甘甜清澈的茶汤让我惬意万分。要离开马边的前一个晚上，我信步来到一家名叫雾雅雪的茶庄，品茶购茶。我一直以为，在马边这样一个天然的大环境里，在群山的簇拥下，在这极少人为污染的世界，马边绿茶的品质应该是有保障的。后来了解到，马边是全国有机绿茶生产基地，也是全国绿茶生产大县。其绿茶醇厚、香甘、耐泡，而色泽透明、碧绿。想起白天在劳动乡福来村参观茶山现场采摘的场景，不禁深怀感想。在采摘前，他们以彝族前辈流传下来的风俗，在桌子前，呈上果品、上酒、焚香，拜天祭地，口念祷词，祈求上苍，让来年更加风调雨顺……待一切仪式进行完毕，才宣布正式开始采摘。

那天，阳光特别明亮、温暖，茶山又是一个丰收之年，当地彝汉百姓在劳动采摘之时，神情的专注令我敬佩。据说，5斤鲜茶叶才能制作出1斤绿茶，采摘的费时和精细可想而知。因此，当茶庄老板娘为我沏好一杯绿茶让我品饮时，我不敢怠慢，双手恭敬地接过茶杯，若有所思地慢慢品饮那个天光云影的世界。今生，马边绿茶就此与我结缘，雾雅雪，马边的雾雅雪，多么美丽的名字，在我心里，悄悄生根、萌芽、茁壮。

九月桂花香

不经意间，窗外的桂花又开了，一排秋风拂来，阵阵奇香扑鼻，顿觉神清气爽，好生自在。

今年的桂花开得特别多、特别旺。那天，我在钓鱼台露天茶园与朋友喝茶聊天，旁边几株高大的桂花树散发着浓浓的幽香，让人感觉舒适惬意。我忍不住起身来到桂花树旁，只见饱满的花粒一簇簇在微风中轻轻摇曳，金黄的色泽纯正醉人，我痴痴地闻着花香不忍离去。据说桂花树品类繁多，但最常见的只有两种，即金桂和银桂。我生活和工作的酒城，近年遍植桂花树，适逢花期，花香和酒香融合，令整座城市香气弥漫。黄昏，我沿着排排桂花树植成的人行道往回走，偶尔抬头，竟看见开得惊艳又大气的红桂，花色纯红，香气怡人。我得承认我的孤陋寡闻，这是我第一次见到红桂，从前听说还以为是天方夜谭。今日相见，我久久伫立目不斜视，任由路人投来不解的目光。

桂花树让人喜爱，是因为它代表着吉祥美好，代表着圆满和谐，代表着忠贞祝愿。可还记得嫦娥奔月、吴刚伐桂捧酒的传说？让人几多感慨、几多回味。可还记得南泥湾开荒种地、打破封锁，待到秋天粮食丰收、桂花香飘大地的美好时刻？那种欢天喜地的场景注定成为一个时代永不磨灭的传奇。在中国几千年的文化长河中，对桂花树、桂花的书写和描绘，可以说数不胜数。而在我的故乡，也有着类似的故事和传闻。

位于纳溪天仙硐乐道古镇的抗战小学，校内有数株高大参天的桂花树，树龄均在百年以上。每到秋天，满树金黄的花粒成簇成簇地布满枝头，异香阵阵，扑鼻钻心。1945 年，我们的抗战将士将日本侵略者赶出中国，取得了抗日战争的全面胜利。其间，抗战小学的师生们利用节假日将收集到的金桂花按照传统工艺酿成桂花酒，来到滇缅公路上亲自将美酿奉上，慰问抗战的将士。那一刻，小小的乐道古镇沸腾了，桂花酒的香韵浸透着抗战小学师生为抗战胜利做出的虽然微小却也是不可磨灭的贡献。至今，乐道古镇还有自酿桂花酒的传统习俗，这种名为乐道桂花酒的佳酿已为游客熟知和赞叹。

故乡生产桂花酒的历史无从考证，但在民间应该是很早的。规模化生产最早应是在清末民初，这从蜀中名宿赵熙（1867—1948 年）的诗中可以看出：

小市香花酒味香，半霜黄韭迓青阳。
同舟互祝长春福，岁岁官船出故乡。

——《除夕杂诗》

当时，泸州爱人堂酒坊生产的低度果酒远近驰名，而桂花酒之一的这一品牌更是深得消费者青睐。难怪大名鼎鼎的赵熙都会念念不忘。20 世纪 90 年代初，我听几位抗战老兵说起过，说他们有一回打了胜仗，恰逢故乡泸州运来了慰问品，分到他们部队的，就有桂花酒和绿豆大曲，那酒，巴碗（泸州土话，意思是说，酒挂杯或碗壁，是粮食酒，也就是好酒），真好喝！那次喝酒，成了他们一生中最美好的回忆。

如今，我生活的这座城市不仅广植桂花树，据说纳溪还有意投资数亿元资金将辖下的丰乐、龙车两镇打造成全国的第一桂花大镇，将栽种上万亩的各类桂花树，集观光生态游和农业经济发展于一体，即除了桂花的观赏性外，还将发展桂花酒、桂花茶、桂花糕等食品。丰乐镇首次举办的桂花旅游节盛况空前，前往游览的旅客络绎不绝。有此佳节，相信泸州的桂花不仅满园飘香，也会香满神州大地，创造新的传奇。

今夜，月华如水，微凉的风中，窗外的桂花依旧香气袭人。我知道桂花的花期不会太长，也就十天半月，但桂树花香的故事和传奇总会给我们留下美好的话题和启迪，但愿九月的桂花香不因花期的短暂而消失，而会成为我们永恒的记忆。

水

水，生命中必需的物质，如此贵重，远胜黄金。也许，当你生活在水乡或水草肥美之地时，不曾有这种感觉。而我，在相当长一段时间，对水的金贵的认识一直模糊不清，原因是我生活在长江边，丰沛清澈的长江水一直滋养着我，我从来没有过关于饮用水方面的危机感。只是有一天，因某种原因突然停水，我才知道生命中没有水的日子是如此难熬。

由此，我对水的珍惜和敬畏如同对待粮食和果蔬。

23 年前的初夏，我沿红军长征路徒步采访，在川南叙永彝族乡石厢子、水潦等地，曾听闻关于生命与水的故事——沉重的故事，悲伤的故事。生活在高山上的民众要想用水，必须下到千米深的河谷——赤水河边背水上山。由于山高坡陡或突遇山洪，半途上水毁人亡的事常常发生。那天，我在石厢子正好听闻一位彝族姑娘背水摔亡的惨剧，我的心悲伤至极。

因系喀斯特地形地貌，又在赤水河岸的高山陡坡上，缺水加上生产力的低下，老百姓的生活质量大打折扣。

回到泸州翻阅《永宁厅志》和《叙永厅县合志》，以及一些稗官野史，在封建社会，当地曾有村与村之间为了争抢水源发生械斗伤亡人员之事，也有土司和地方豪强为了囤水强迫百姓连续从赤水河背水累死人的事。那时，老百姓为了喝上一口干净的水，不知要费多少周折，而少数地方恶霸却坐享其成。极其不公的世道，从一碗水中彰显无遗。

新中国成立后，党和政府一直致力于发展当地生产、解决人畜饮水的问题。改革开放以来，彝家山庄发生了翻天覆地的变化。23 年后的今天，我故地重返，不仅在石厢子和坛厂等地看见当地百姓用上了自来水，还在有着“鸡鸣三省”之称的水潦彝族乡看见了一条从山洞中流淌出来的清澈的山泉。原来是通过凿洞引水筑渠，将甘甜清洁的水源引入 800 米开外的封闭的水塘，再以自来水管道的形式输运至寻常百姓家，彻底解决了当地千百年来彝汉百姓饮水难的问题。“这是四川省委、省政府亲自关心、拨款上百万元，为我们解决的实际困难。”水潦乡的彝族乡长熊伟先生不无自豪地对我说。事实上，这些年来，国家投入了大量资金，对乌蒙山北麓、赤水河上游一带山高谷深、群山连绵之地进行了坡改梯、石漠化治理等，才让水留土住、树长草深，高寒山区的经济也因此得到了长足发展。如今，我曾看见过的荒凉乱石、人稀地广，早已变成了绿色满坡、果实盈枝、风景如画、人欢车鸣的幸福世界。隔过一二里，就有一口砖头围拢的硕大的水窖，陪同我的当地作家小余说，那是专门的储水窖，用来灌浇庄稼、果树、烤烟，确保每年的收成。不错，在这片广袤的地域，最适宜种果树，特别是李子树。有关专家曾经对这片土地的气候、土壤、水质、环境进行分析调查，得出的结论就是宜栽李子树。果然，每到四五月份，赤水河上游两岸成千上万的李花开满山坡河谷，在明媚的春光中争奇斗艳，使彝家山寨分外亮丽养眼。再加上这几年党和政府重视边远山区的公路建设，大老远自驾跑来赏花的人不在少数。而到了果子成熟季节，整个彝家山乡的空气里都弥漫着果香，让人感到舒心惬意。远离城市的喧嚣灰尘，远离工业的污染侵蚀，典型的绿色食品，人见人爱，争相品尝。难怪石厢子举办的“赏赤水河佳果、观彝乡火把节”活动吸引了无数来自四面八方的游客。

水的冰火两重天，使彝乡人懂得对水的珍惜和敬畏。在无水的日子里，苦不堪言；在有水的日子里，不忘节俭。我在水潦、坛厂等红军曾经走过、战斗过的地方看到，新建房舍的百姓不在少数，幸福在他们的脸上洋溢，而宽敞明亮的新居屋顶均用厚厚的水泥打成平顶型，四周用砖围成，一年中偶尔的一两场暴雨，屋顶也就成了专门的储水之地。与我同行的当地人小张对我说：这样有两个好处，因为当地干燥少雨，集储的水可以防止屋顶爆裂，同时也可以用作牲口饮用水，一举两得。我不得不佩服当地人的质朴和智慧。

水对于生命如此重要，它可以让生命兴，也可以让生命亡，只有经历过缺水的人才会深有感触。由此，我从内心懂得了彝家人对洁净之水的顶礼膜拜之情。

在新圣女公墓

在莫斯科的新圣女公墓里，葬着 2.6 万名俄罗斯的各行业精英，这里面有国家总统、战斗英雄，也有科学家、艺术家、作家、诗人……凡是对国家、民族、社会有特殊贡献者，均能葬于此。这不仅彰显了国家和社会对民族精英的认同，更有利于激励后来者最大限度地发挥创造潜能，为人类社会的美好生活贡献力量。在这里，土豪和暴发户死后是没有位置的，贪官和污吏也永远没有一席之地。

我们在公墓参观凭吊时，巧遇俄罗斯前总统叶利钦的夫人来此凭吊葬于此的丈夫。两个保镖，一个司机，加上叶利钦夫人，总共 4 个人，没有前呼后拥，没有虚张声势，更没有清场的排场之类，如此低调、清静，显示了墓园文化平等、和谐、正义的特色。

马戏是俄罗斯人民最喜爱的一种艺术形式。莫斯科大马戏创始人尤里・弗拉基米洛维奇・尼库林死后亦葬于此，其墓前的雕塑造型也有别于他人，据说逢年过节来此献花凭吊的人常常排起长龙，足见人们给予俄罗斯马戏创立者的高度评价和认可。因为马戏带给人们太多的欢乐与想象。

在奥斯特洛夫斯基的墓前，我听到这样一个故事：有个俄罗斯少年，带着奥斯特洛夫斯基的著作《钢铁是怎样炼成的》一书，来此凭吊他。在书的扉页上，这个少年写道：感谢你教会了我如何战胜敌人，以及如何战胜自己，现在，我将这本书还给你，希望有更多的人能够读到它。放在坟墓上的这本书很快就被别人拿走了。“保尔”精神就是这样一代又一代被传承了下来。如今，《钢铁是怎样炼成的》这本书早已成为世界名著，被翻译成各种语言，在全世界成千上万的读者中流传。

写作的意义，除了能带给人们希望和憧憬，还要为人们带来心灵的愉悦和自由，最大限度地开启人们实现梦想的伟大道路。在奥斯特洛夫斯基墓前的凭吊，让我深感作为一个真正作家的自豪和光荣。

在新圣女公墓里，每个墓前，都有一个内容和形式不同的雕塑，或是根据逝者生前的要求，或是依照逝者家属的意愿……结合雕塑家的创意和思维雕刻。这些雕刻，不仅仅是一种墓志标示，更是艺术的，反映了逝者生前的品格、成就、追求、思想……据说在欧洲的三大墓园文化中，莫斯科新圣女公墓因其独特的雕刻艺术和逝者的身份地位而具有特殊价值。

赫鲁晓夫墓前，黑白曲线间雕塑着赫鲁晓夫的头像，代表着这位前任苏联领导人既阳光又阴暗的心里纠结。人们对赫鲁晓夫的评价，讲得最多的是，在斯大林生前，赫鲁晓夫一直是斯大林路线的忠实追随者和歌功颂德者，而在斯大林死后，他却是斯大林路线的最大反对者。据说雕塑家在进行这样的艺术语言雕刻时，赫鲁晓夫的家属完全同意这样的评价。这让我们一行参观者震动不小。对一个前国家领导人的评价，能做到这样客观公允，连家属都表示认同，并公之于世，我们认为这才是真正的历史。

历史是一面镜子，前人的人生轨迹总会给我们带来不少启迪，使我们在未来的岁月中尽量少走弯路。

古城之重

山谷之中的城——阆中，三面环水，四面皆山。水，秀碧而柔情；山，俊秀而奇绝。秀碧与俊秀，使阆中充满了灵气；柔情与奇绝，则让古城蕴藏神秘。

中国保护得最完整的四大古城之一阆中，有着太多的故事和传说。而这故事和传说深深地感染着我们的灵魂，让我们的思想颇不平静地抽枝、发芽、吐蕾、绽放。因此，如果我们的思想也能散发别样的芬芳，也是因为古城深藏的内涵给了我们引导和滋养。比如南横北纵、东西走向的古街；比如三进三落，乃至五进五落的古院民居，其醇厚的古风张扬着千年的朴素。在这里行走，脚步是舒缓而快乐的，而在古院民居落座品茗，幽思与怡然不禁飘然而至。古朴的窗雕与木刻在民居古院比比皆是，却又触动心房：田园牧歌，鱼戏莲叶；江心亭阁，醉看山川；梅开庭院，雀鸟唱鸣；蚕桑农事，丝织锦缎……遥远的人与事、景与物就这样走到了我们面前，走进了我们内心，撩拨起我们深深的共鸣。古城的重，不是表面的，不是单一的，不是人云亦云的，它是内在的、深邃的、多元的、独特的。阆中，正是这样的古城。

古风徐徐吹拂着古城，不经意间，竟吹了几千年。怀念张飞的张飞庙、追忆张宪的张宪祠……他们的忠勇为国、疾恶如仇、匡扶正义，已成为古城恒久的美谈。而杜甫纪念馆和观星楼上的落下闳纪念馆，则是古城崇尚科学、知识、文明的典范。灿若繁星的文臣武将、科技文化名流，他们的智慧和才华不仅贡献给了一个生生不息的民族，更将古城衬托得灿烂辉煌。在古城的名胜古迹和众多纪念馆中行走，你可以随时看见这样一些过去时代显眼的人物，他们的杰出表现在有史有据的文字资料和绘画作品中渐渐清晰，至今仍令我们神往和心动。一个崇尚社会精英的时代，是一个幸福的时代；一个崇尚社会精英的民族，是一个充满希望的民族。古城的重，不仅在于它保存完好的古代民居建筑群落，不仅在于它留存至今的庙宇殿堂，也不仅在于它曾经涌现出了多少风云人物，而在于这些人和事物的身上所折射出的别样的光芒，以及洞穿人类灵魂的精神。它让我们卑微的生命有了热爱和延展，有了对崇高的认知和追寻，有了对生命信念的理解和支撑。

在古城阆中漫游，我们内心常会涌起一股莫名的感动。比如夜晚在街头行走，当你走累了，就会有一个三轮车夫主动拉你到一处酒吧或醋吧；如果你想看川北皮影戏，也会拉你到某处古民居大院看皮影戏，但绝对不会收你一分钱车费。而在安静无人的醋吧，老板端来你要的水酒和张飞牛肉后，再无踪影，你可以边饮酒边尽情欣赏音乐，也可以让思绪深入古城历史的深处，作无尽的怀想，直至你离店仍无人阻挡，反倒弄得你不好意思到处喊老板买单。

是否我们已感染了古风？是否我们的内心多了几分单纯和古朴？是否我们的生命多了几分坚强和正义？是否我们的思想内核已长出最新的智慧和善良的花朵？否则，为何我们至今仍念念不忘古城，而古城已然成为我们最向往的地方之一。

江安点滴

一座城市，或者说一个地方，迷人之处不在于它的大小，而在于它的内涵，这种文化积淀形成的内涵，它的张力散发着永恒的魅力，从而能激发人的创造力和想象力。这样的城市，往往会在人的内心荡漾起春光般的妩媚和美丽。

川南长江边的小县城江安便属于这类城市。数次路过江安，并没有给我留下什么深刻印象。倒是最近的两件事，使我对江安的认识产生了质的飞跃。第一件事，是读到了陈红、刘鸿儒两位先生的长篇报告文学《中国夏橙之父——张文湘》，其中写到全国著名果业专家张文湘在“文革”期间被江安县委、县政府热情相邀，发展江安夏橙的感人事迹。要知道，当时张文湘教授正因被打成反革命而处落魄之时，可见江安党政领导的远见和魄力。此举不仅让张文湘在晚年老有所为，也使江安夏橙种植迅速发展壮大，广大农民直接受惠，并延续至今。江安夏橙创造了中国夏橙发展的奇迹。第二件事，是因为工作关系，我去了一次江安，与江安县作家协会的一群作家们相处了半天。从他们身上，我看见了一座城市的活力和希望。

陈明云、洪波、胡孝松、赵育和等一批老中青年作家，他们不仅纯朴、热情，且见解非凡，虽说都是业余作家，却创作发表了不少有影响的作品，令人刮目相看。他们带我看最能代表江安文化底蕴的竹器生产店铺、看江安国立剧专旧址陈列馆、看江安奇石馆（亦称长江石展馆）……使我感想多多，思绪难平。

山清水秀的江安，一根筷子插入土地就能长成树木的江安，成千上万亩兰竹汇成蔚为壮观的竹海，成为引人注目的旅游胜地。在江安，旅游和竹产品成为富民强县的支柱产业。在众多竹类产品中，龙凤竹筷更是闻名遐迩。当然，竹雕、竹椅、竹凉板、竹盘等，也很受欢迎。但是，使其具有文化品位和创新的，使江安竹产品上了更高台阶的，是竹简条幅和横幅。这种以上等兰竹按规格大小制成的竹简条幅和横幅，在制作时，要先进行刨光、蒸煮、晾干、晃油等多道工序，再将古代名人诗词拓印刻写上去，再用蜡线串起一块块竹简，使其成为一幅幅精美绝伦的艺术作品。这样的艺术品，置于书房、客厅，满室便溢满高雅的气息，那种文化的光芒自然会穿透内心，使俗物远离，整个日子便都干干净净、清清爽爽的，人自然就一身轻松了。这种竹简条幅和横幅，有大有小，价格有高有低，市场行情一直不错。智慧的江安人充分发扬创新精神，将本地的自然资源切切实实转化成了自然资本。

另一件令我惊讶的事，便是长江奇石的发掘和运作。在江安这个小小的县城，奇石馆之多，规模效应之奇，着实让我佩服。各类长江石千姿百态、品类繁多，已经吸引了海内外众多奇石玩家。好的石头，能卖到了几万元，一般的，也要千儿八百。长江，这天然的资源宝库，由于大自然亿万年的造化，形成了各种奇异的鹅卵石。当然，好的石头的花纹图案，还要有相得益彰的美名相配，这也是很考文化功力的一件事。但这个你不用担心，智慧的江安人总会给那些充满灵性的石头一个贴切的名字。这使我联想到我所生活的城市，也是长江边的城市，也曾搞过几次长江石的展览，却始终形不成气候。江安奇石不仅走向了世界，也走向了人的内心。这种灵山秀水的浸润，更显示了江安人的慧心和勤厉，他们在文化熏陶中，同时获得了物质的收益。这种精神和物质的双重收益，加深了我对江安的认识。

江安人对文化的推崇，无疑是虔诚和真心的。因为文化不仅启迪了他们的心智，更使他们的思想境界超越了他们视线所及的地方。抗战时期，他们用满腔热情接纳了辗转迁移的国立剧专，而且国立剧专在江安一待就是六年，直到抗战胜利。这一时期，国立剧专的新文化、新思想、高涨的爱国热情也无时无刻不在影响着可爱的江安人。由于县委、县政府的高度重视，国立剧专旧迹已经成为市级重点文物保护单位，并辟成纪念馆，成为名副其实的“中国戏剧摇篮”的发祥地，供人们游览、观赏。

正是这些经过岁月之河磨洗的闪光的文化瑰宝，链接起了江安的历史文化内涵，使我们对江安人的智慧、热情、纯朴、大度、创新等有了比较清晰的认识，而受到历史文化陶冶的江安人，又正好赶上了这样一个美好的时代，他们必将创造出更加辉煌的未来。

两个草地人

从成都乘车往西三五百公里，穿过川西平原，翻过连绵起伏的岷山山系，沿扎谷脑河而行……两三天后，便能抵达人迹罕至的阿坝草原。当年红军在这里出生入死留下的千古传说，更使这块空旷、辽阔的草原充满了悲怆和神奇色彩。

正是怀着对红军的崇敬和向往，在一个夏天的七月，我毅然孑身一人闯进了草原腹部。那年我刚好 21 岁。草原腹部的红原县县城，下午四点钟光景，即显冷寂和清静，街上少行人，店铺大多已关门。虽是盛夏七月，过街风凉凉的，刮得人眼睛眯成一条缝。如果是无目的的漫游者，肯定忍受不了这里的寂寞。但是，对于我，这里的一切是那么新奇、有趣。首先是草原上的花，什么金盏花、紫云英、血肠花之类，五彩缤纷，到处盛放。其次是这里的人，那么热情、好客、纯朴、善良。我到红原县后，住在诗人兼兽医 M 家。M 为人大度、开阔、纯粹、精悍，写得一手漂亮的新诗。为诗一如他的为人。草原昼热夜凉，温差颇大，M 不仅热情地接待了我，还拿出熊皮做床垫让我睡，并将珍藏了许久的火腿拿出来，用大斧劈碎，然后用鼎锅盛了在火塘上慢慢煨。我在他劈火腿时听见他不断地骂：这地方就不是人待的！最初，我感到非常惊讶，后来才发觉，草原的生活、工作环境确实非常艰苦——气候潮湿、温差大、工作点分散、缺医少药、无蔬菜水果供应、僻远冷寂等一系列问题。难能可贵的是，M竟在这里工作了近30年，几乎成了标准的草原人，能说一口标准的藏语。至今我还记得他当时教我的一些简短的藏语会话。因此，他骂是骂，对草原和草原上的人却有着特殊的感情。是夜，我们掌灯夜谈，最让M引以为豪的是他不仅兽医技术名震一方，还掌握了为孕妇接生的高超技术。在草原，有两种人在当时最受当地人欢迎，一是教师，二是医生。识大义且豪放的M君理所当然地成了草原上的一匹骏马、一只雄鹰。常常有知名或不知名的汉人、藏族同胞给他送来牛羊肉等礼品，而他总是婉拒，不为名、不为利，一旦人们需要他帮助，他二话不说策马前往。末了，他意味深长地对我说，有两句藏族情歌非常好："在看得见你的地方，我的眼睛和你在一起。在看不见你的地方，我的心和你在一起。"其实，这情歌里有着更深邃更广义的内涵，如果一个人能活得像这情歌里所唱的一样，常常被人怀念和敬重，他的生命也算活得有价值了。

在草原，被敬重和怀念的人大多是那些默默地、经年不息地为他人或整个草原奉献着青春和生命的人。是他们构成了整个草原的希望，净化着整个草原的社会环境和人文环境。难怪七月的草原这么美，美得鲜花怒放，弥漫着难忘的芬芳；难怪草原上奶香不断，纯洁得就像天空的朵朵白云，在心灵上空久久萦绕。当我告别M君来到红军烈士陵园拜望守陵人时，顿生一股崇敬之情。守陵人是一位七十岁开外的老者，也是一位流落草原的红军。M君曾告诉我，这位不知姓名的红军，已经能说一口标准的藏语，他每天穿着藏装，还取了一个藏名。听口音，他是江西人。新中国成立后，当地政府去信与他老家联系，得知老家已无亲人时，他死活不肯离开草原，并请求当地政府让他做守陵人。恰在此时，红军烈士陵园也需要专人管理，当地政府便同意了他的请求并发给他补助金。满脸皱纹、肤色黝黑的老红军，清瘦的身体显得很硬朗，宁静平和的姿态犹如一位刚刚种地归来的农夫，丝毫看不出他曾历经百战、英勇无畏的雄姿。英名赫赫的红军战士，竟是这样一个平凡的人，不显山不露水。其实，像这样早把生命置之度外的人是很容易让人产生敬仰之情的。M君告诉我：一是因为陵园里埋葬着他情同手足的战友，在草地之战中，他的战友为救他而献出了生命，当他负伤流落草原时，几十年间，他除了守着他们的陵墓，更重要的是守着他们为正义、自由、幸福而舍身忘我的精神。二是他已经厌倦功名，寻求一种更高层次的人生境界。这在常人看来是不可理解的。每到清明节前后，当许多戴着红领巾的学生来到陵园宣誓继承烈士遗志的时候，守陵人老红军就会悄悄落泪。那是悲伤的泪吗？不，那是自豪的泪，因为很多纯洁的灵魂与他的追求一同飞升。

树的命运

欣赏到俄国画家萨夫拉索夫的油画《风景》是最近的事。画面上，苍茫辽阔的草原上，一排敦厚、粗壮的树木在经历了一场暴风雨后，依旧挺拔、昂首、蓬勃向上。路，是那么泥泞；大地，是那么寂静。而灰色厚重的天空，透出了挡不住的阳光。毫无疑问，树木在这里成了《风景》中的主角，正是树木历经内心的孤独和风雨雷暴的袭击鞭打，而巍然挺立于大草原的中央，才使整个画面充满了生机，才让观众于不经意间心灵为之一震，眼睛为之一亮。

树木的执着和向上究竟是为了什么呢？是为了阳光的普照，还是生存本身？其实，《风景》中深藏的秘密是显而易见的。树木的抗争，是同命运的抗争。

若干年前，在一次穿越柴达木盆地的旅程中，我曾经历了《风景》中的一幕。在人迹罕至的沙漠中，一场暴风雨过后，一排苍老粗壮的榆树静静地伫立着，金黄耀眼的树叶浓密亮丽地蓬勃伸展。顿时，我疲惫的身体感到了轻盈，木然的双眼也有了光芒。这种特殊的感受源于我们一路对无色彩无生命的苍茫戈壁滩的失望。而此时，金黄苍茫的榆树给了我们希望，使我们对生命、对色彩、对美有了新的认知、追求和热爱。孤寂的围困、酷热的煎熬、贫瘠的戈壁滩……都没能使榆树枯萎、死亡。相反，在与这些致命的险恶的场景斗争时，孤独无援的榆树却能获得最后的胜利。它们以黄金一般的树叶，亮丽而高贵的色彩，展示了生命的美好和生活的不易；它们以苍老粗壮、直指天穹的树干，昭示了对命运的不屈和抗争。这些无语的画面，像一声声惊雷，在我们有时世俗而绝望的心灵里炸开，是多么痛快而难忘。灵魂的高尚因子重新聚集：在血液的潮涌下，向着生活的希冀奔去，向着真理和美的追寻靠近。

既然谈到了树的抗争和命运，便不得不谈谈我故乡的树。这便是故乡街头镇尾的黄桷树。在川南的广大乡镇，镇头或镇尾都有一株年代久远的黄桷树，这是再平常不过的事了。或者说，没有黄桷树的小镇必定是年轻的，总会缺乏一种文化味。想想吧，青山绿水中，秦砖汉瓦的古老小镇被一株遮天蔽日的黄桷树掩映了一部分，那种幽雅、古朴的氛围能让人产生怎样的联想？我故乡的小镇位于长江边上，在镇头照例有一株黄桷树。那粗壮的树干，两三人才能合抱。祖辈传下话说，这株树有三四百年的历史，是株神树。我对这株树的历史深信不疑，唯对说它是神树却怀疑。原来，在很久以前，这株黄桷树曾被雷电击过，焦黑的树干惨不忍睹。镇上的男女老少都哭了，认为这株黄桷树必死无疑。第二年春天，它竟奇迹般地吐芽、展叶复苏了。人们因此认定是他们的泪水、善良和祷告感动了上苍，黄桷树得到了神助，因此成了神树。要不，为什么在以后的岁月里，它一年比一年更加茂盛强大呢？诚然，我不能忘怀在这株树下度过的快乐的童年时光和它给我的有益的启迪。但是，我对人们把它认作神树，并用石头砌墙围拢它、用香火供奉它，希冀以此来消灾祈福却从不敢苟同。我一直以为，这是故乡小镇人在生活方面良善愿望的一个很固执的误区。如果树也有思想也有心脏，当在它的根部，呈现在天空中的树枝和树叶只不过是皮肉和衣衫罢了。故乡黄桷树遭遇的那次雷击，看来并不是致命的一击。善于与命运抗争的黄桷树，虽然遭此劫难和挫折，却能够迎来自己的第二次生命。

在生活中，人也同树一样，就看你敢不敢与命运抗争，善不善于与命运抗争，以怎样的思想和心态与命运抗争。

石榴花，美丽的花

多年来，石榴花灿烂的笑容一直绽放在我心中，生活中因为有了这种火红的色彩而充满了向往和乐趣。

其实，在我孤独和苦闷的日子里，作为大自然精灵之一的石榴花就常常陪伴着我，以它翠绿的清新和绯红的花朵固执地占据着我记忆的城堡，扎根在我心灵的深处，使我几近崩溃的精神有了安静下来的可能。那时，我怀着干云般的豪情和壮志离开故乡，准备为实现人生价值去拼搏的时候，却不想被命运之手抛落在了千里岷山河谷的一个县城，开始了艰难的独身生活。一日三餐均以玉米和土豆为主，这于从小吃惯了大米饭的我来说，简直要命。物质的匮乏和精神的压抑使我的身体日渐消瘦。后来，经中学老师的介绍，我认识了一位在县城工作的老乡。这位老乡——很不错的一位长辈，新中国成立前曾在川西地下党干过革命，是一位很有影响的知识分子。隔三岔五，他就会叫我去他家改善伙食，诸如萝卜炖牛肉、卤排骨、宫保鸡丁、回锅肉、白米饭……令我大饱口福。记得第一次去他家，刚进院子，一棵高大正开花的石榴树一下晃亮了我的眼睛。饭后，我们就从石榴树谈起。长辈的大儿子告诉我，这棵石榴树只开花不结果，是观赏性的。长辈接着又告诉我，结果的又好吃的，一般花都不好看。这就产生了一个问题：如果让你种一棵石榴树，你选择哪种？说到这里，长辈脸上露出了狡黠的笑容："这就叫鱼和熊掌不能兼得。"

这次谈话后，我的孤傲冷寂变成了柔和亲切。长辈及其家人不仅用美食滋养了我的身体，更用他们的睿智、品行和信念滋养了我的灵魂。

以后，我们的来往更加密切，谈话内容更加广泛。在那个县城的三年里，当我在校园苦读因缺乏交流而感到茫然时，长辈就是我心中的名师高僧，给予我人生和知识航向的指引，使我一段时间以来桎梏的精神向度打开了飞向远方的可能。

我虽然喜欢大山，但不愿生活在群山包围之中，而县城恰好坐落在崇山峻岭中，因此，我常常感觉非常压抑。我喜欢辽阔和空旷，喜欢豪放和真诚，喜欢温馨和祥和，喜欢理解和友情。每每这个时候，长辈就会说，你干脆出去走走吧。因此，在节假日和寒暑假里，我曾迷恋于九寨沟的海子，惊讶于松潘古城的厚重，感慨于羌寨山乡的纯朴，放歌于红原草地的宽广……而黄昏漫步于石榴谷，则在我的生命里留下了深深的印痕。

那是县城通往马尔康的必经之地，一边是大山峭壁，一边是扎谷脑河，铺过沥青的公路从中穿过，路旁种上了长长的石榴树。翠绿的石榴树，每到初夏，便会绽开无数猩红的花朵，宛若一条彩云在寂寞的山谷独自起舞。它明明知道鲜有人喝彩，也一样竭尽全力展示婀娜的身姿和娇好的容颜，就如它知道自己此生不会结果只是观赏树，却仍然把自己开得火热、冷艳，用尽全力把自己的最美开给自然，开给这个最宜人的季节一样。

在那个季节，当我第一次走进石榴谷的时候，面对寂静世界中开得轰轰烈烈的冷艳的石榴花，我平静的表面下是翻江倒海的震撼，是泪流满面的感动，是人生大彻大悟的释然。

当地人告诉我，公路边轰然开放的石榴花是为了给在山区长途驾驶的司机一个提醒，使他们麻痹的心智亢奋起来，从而减少交通事故。可能当地人种植石榴花的初衷就是这样吧。但于我，却有着另一种理解。就如我第一次看见长辈家院里的石榴树开花一样，那种热烈和奔放，那种色彩和明丽，分明给长辈家中注入了一种活力与欢快、达观与自豪、和谐与真诚。

若干年后，我回到故乡，在一次郊外游猎中再次看到一棵观赏性的石榴树。在一座清水涟涟的鱼塘边，正值初夏时分，绽放的石榴花被翠绿的石榴叶簇拥着、环抱着，显得格外美丽。我们隔着鱼塘，远远地被它的热烈和火红召唤，被它纯洁的冷艳和大度吸引。我痴痴地注视着它，久久不愿移开视线。

后来，我和一位农民闲聊，就是这棵石榴树的主人，我说这种树又不挂果，不如干脆砍了。不料这位农民兄弟很不快地对我说："农民不都是你们城里人想的那样实际和势利，它开得这样乖，我砍它做啥？"

一席话让我对这位农民兄弟刮目相看。其实，这棵石榴树与石榴谷的石榴树和长辈家院里的那棵石榴树虽生长于不同地域，开出的花却同样漂亮。我想，人生不就是一棵观赏性极强的石榴树吗？我们在意她开花的过程，并不在意她挂不挂果。在北京奥运会上，成千上万的志愿者并没有能力和机会去争夺金牌，但他们以真诚的微笑、尽心尽力的服务和乐于奉献的精神赢得了全世界人民的尊敬，这不也是一种人生的大美吗？因此，人的一生能够像石榴花一样倾尽全力绽放一次，足矣。

放滩

故乡泸州，位于川江中段。因得长江恩赐，敢跳进长江扑腾几下子的男儿女子多的是。也因着长江的孕育，诞生过一些颇生动、有意蕴的词语，如“长江没有盖盖”（不怕跳河淹死）、“河中淹死会水将”等。这些词语很哲学、很有趣，又很耐人寻味。

我要叙述的，则是另一个词——放滩。这个从记忆深处打捞出来的词，使我仿佛一下回到了青少年时代。所谓“少年不识愁滋味”，当可形容我们那时的心境。七八月间，我们这群精力过剩的孩子总会背着大人偷偷摸摸跑到长江里去游泳、击水、奋争。我们一会儿潜入江底，比谁憋气时间长，一会儿又“高台”亮翅跳水，看谁的动作最优美、跳的次数最多。此时，长江成了我们的圣地和竞技场。而宽阔练达、激流飞旋的长江，气势恢宏、博大豁达的长江，从那一刻起全都融浸于我们的血脉中，使原本无忧无虑的我们心里更添了无限欢乐。久而久之，我们都成了长江里击水的好手，也因此挨了父母亲不少揍。后来，大人看到长江击水能给我们带来不少快乐，也能培养我们的勇气，遂改一味阻止打骂为引导。他们先是允许我们跟着会水的大人下水，然后让我们穿上救生衣、救生圈“放滩”。看到我们确实不盲目冒险游到江心湍急漩流处，才决定不再管我们。听到此，同伴中当即就有人很高兴地喊：“放滩啰，放滩啰。”少年无拘无束的天性由此可见一斑。我不记得“放滩”这个词是谁创造的，但它从我们口中说出来却是千真万确的。它包容了无限的创造力和想象。所谓放滩，即从长江上游某处伸进河水中的滩涂下水，沿着这一水流顺势而下至下游数百米处时，会有一次回水的机会把你推入岸边。如果把握不住，就会向下游湍急处漂去，生命就有被江水吞没的可能。放滩时有很多讲究，初入水时不可用力过猛，你只可顺水漂流，保持体力的目的是到回水处时做最后一搏，以确保生命安全。顺水漂流时不可在水流外侧，那样有被卷进江心的危险，很难漂到回水处。漂流时，遇到漩涡和喷水要沉着，一要及时躲过，二要憋足气顺其自然，不一会儿它自会把你漩出来。放滩的危险性自不待言，哪个环节稍不注意出了问题，立马就有灭顶之灾。但放滩的刺激和快乐却又牢牢地吸引着我们，使我们产生难以言说的愉悦。

沉稳、智慧、勇敢是放滩者必备的条件，也只有在放滩中才会培养和产生。所有这些经验和智慧，都是在一次又一次放滩中积累起来的。在积累这些经验时，我们曾付出过难以忘怀的代价。我承认，我有过被卷进漩流险些出不来的经历，呛水和体力不支更是家常便饭，但每一次都能转危为安。

我如此兴奋地讲述若干年前“放滩”这个流行词，实际上不仅仅是在讲述这个词。“放滩”这个词在今天的消失，实际上也并不仅仅是这个词的消失。

如今的夏天，长江是很冷寂的，独生子女在他们父母的呵护下，只能在城市兴建的那些游泳池里欢天喜地地玩耍。我不知道这是好事还是坏事。听说现在的独生子女都娇惯得很，很讲究享乐的，至于吃苦耐劳就难说了。

此时此刻，面对长江，我真想听到哪个会水的汉子站出来吼一句：走，到长江放滩去！我会毫不犹豫地跟随他。凭我现在的体力，游过长江还是可能的。

百合花的哀悼

风在颤动，树叶呜咽，江河哀婉……这一刻，我们都在哀悼，为在“5·12”汶川大地震中不幸失去生命的同胞；这一刻，我们极为悲伤，为在汶川大地震中不幸致残的父老乡亲；这一刻，我们都极为痛心，为在汶川大地震中家园被毁的万千兄弟姐妹。

不仅仅是在国悼日，从灾难降临至今，我悲切、震撼、感动，但又常常无语、眼含热泪。已故著名诗人艾青说：“为什么我的眼里常含泪水？因为我对这土地爱得深沉。”

十多天来，对电视、媒体、网络上传来的关于汶川大地震的种种信息，我常常只有一句话：或悲恸或赞许。悲恸的是我的同胞在大自然无情的震动中所遭受的苦难；赞许的是在灾难面前，党和政府及时的关心和救助，以及解放军官兵、医务人员和全国人民无私的援助。在抗震救灾的战场上，每天都有无数英雄涌现，这让我看到了中华民族的希望和未来。航航看见我少言寡语，买回来一大束洁白的百合花，她想以这种方式来缓解我内心的痛。航航心地善良，在这场灾难面前，作为普通公务员的她，已自愿捐了四次款，三次在单位，还有一次是悄悄去了慈善总会。

汶川位于四川省西北部，山势逶迤，谷深壁陡。它是阿坝藏族羌族自治州通向省城的门户。我曾在汶川县城和漩口镇分别待过三年，那是在1979年至1985年之间，这一点航航是知道的。只不过，我没有告诉她，这是崇山峻岭中的汶川和漩口一年中最美丽的季节。溪畔山坡，红红的樱桃已然成熟，甜甜的蜜汁让无数少男少女感知大山的馈赠和生活的美好；岷江岸边，在那些光滑的乱石丛中，蓝色的娇小的扁竹花探出头，在微微的山风中摇曳绽放，给那些青春萌动的人们带去欢乐和思索；而在汶川县城周围的山上，此时，成千上万朵野百合花正集体绽放，那浓浓的郁香随着山风在空气中流淌、弥漫……

有这样美好的山川，必定有这样美好的人民。无论是在汶川读书，还是在漩口中学任教，我不仅有一批汉、羌、藏族朋友，还有一批可爱的学生。

1979年至1982年，我在汶川阿坝师专求学时，与汶川县的文朋诗友交往不少。我的一位藏族兄长其时正在县供销社工作。我们因为热爱诗歌创作而成为好友。他的诗写得朴素、真挚，生活气息浓厚，颇具潜质。那时他受聘于《羌族文学》做诗歌编辑，常将我的诗作推荐刊出，还向省城他熟悉的报刊和编辑推荐我，使我的创作视野得到了极大拓展，使我的创作潜能得到了极大发挥。而热爱诗歌创作的他，因为忙于文学组织编辑工作，自己的创作不得不搁置。这于我，内心的感动总是无法忘怀。求学时代生活条件比较差，每逢礼拜天和节假日，我总要到他家去改善伙食，即便我们和其他朋友一道约好去县城郊外的山中野炊，钱物也都由他们分担。而我则无忧无虑地跑到山坡上，去摘那些野百合、迎春、杜鹃……冬天，对我这个川南酒城来的学生来说，过得非常慢，那时气温均在零度以下。夜晚，呼呼的寒风从山中河谷不停地吹来，令人恐惧。学校澡堂没有浴池，也没有淋浴，洗澡就成了问题。无奈之下，我又只好往他家跑，因为他家有浴缸，每次烧温一缸水，在那里面泡一阵子，那种温暖和轻松，真是人生中难得的惬意。

在汶川求学的三年，没少打扰我的这位藏族兄长，直至我离开，都没有听到过他一句抱怨。而他最后对我说的一句话是：希望你走后不要把我们忘了。

1982 年，我大学毕业，来到山清水秀的漩口中学任教。记得在漩口中学时，家住高寒山区的一位杨姓学生家长硬要与我认亲戚。那位学生长得灵秀，眼里却略含忧伤。那天是元旦，我应邀去他家做客，顺便家访。一早从学校出发，不久，便开始翻山越岭，直至中午时分才抵达他的家。墙是用竹木围成的，个别地方还有缝，家什之类也简单，一看便知较为贫寒。正是入冬的季节，又在高山上，寒冷提前来了，要不是那盆火炉，我真不知道他们能不能挨过那个冬天。我从和他父亲的交谈中得知，这位学生眼含忧郁是因为他的哥哥。他的哥哥在石灰窑工作，一直梦想能成为一名解放军战士，可直至石灰窑出事，他哥哥离开人世都未能如愿。最后，他父亲拿出不知从哪里弄来的帽徽领章，轻轻抚摸着，眼眶红润。我默默听着，不知该怎样安慰他，只对他说，我会好好照顾你儿子的。

那天回来后，我彻夜未眠，心中又多了一份惦念——高山上的一座普通的民房和民房旁边那棵古老高大正在落叶的金黄色的银杏树。

第二天，我正准备去上课，寝室门被轻轻敲响。打开门，正是我昨天家访的那位学生，他很诚恳地站在我面前，双手抱着一只母鸡要送给我。我当时惊呆了，这怎么能收呢？想到他的父亲，想到他离世的哥哥，想到他简陋的家，我心里很不是滋味。但是，他固执地留下便走，说是他父亲的意思。还说，我不嫌弃他们，宁愿走几个小时山路与他们认亲戚。新中国成立以来，我是第一个去他们山村家访的老师。既然如此，我再推却就显得虚伪了。放学时，我从当时微薄的工资里拿出几十元人民币让他带给他父亲，以表我的心意。如此，这么些年来我才没有被愧疚所折磨。

这就是我灾区的父老乡亲和兄弟姐妹，他们的朴实和无私、善良和憧憬，在我离开他们回到长江边的故乡20多年后，依然让我铭记。

在这场天灾面前，我所生活工作过的汶川和漩口，以及曾经游历过的映秀、卧龙、水磨等城镇，大都成为一片废墟，而秀美的山川则满目疮痍，人员和财产损失惨重，我的一些朋友及其家人均已遇难，而一些学生（他们现在如果还在这个世界上，大都四十岁开外，均已为人父母）仍然杳无音信，包括我在文中写到的这位学生和家长。现在，我在川南故乡，强忍泪水写下这篇纪念文字的时候，花瓶中那一大束百合花正幽幽地散发着那种山地培育出的特有的香气，这让我对汶川和漩口的记忆更加清晰起来。如果花真如古人所言，能解语，有灵性，那么，我内心的哀悼正是百合花的哀悼，祈愿离去的同胞永远安息。

我的羌族朋友、《神奇的九寨》词作者杨国庆先生从汶川县城的废墟中站起来后，带着伤痛和坚强给我发来了拇指诗：

一个人，又一个人站了起来
在天安门亲切注视之下
汶川忍着剧痛，终于站了起来
顺着五星红旗指引的方向

扶正生活的节拍前进的步伐
汶川以大禹故里的身躯
古羌乐土熊猫家园的形象
用华夏民族的真爱

擦去周身血泪
万众一心将重生的火炬一一点燃
……

说得多好啊！灾难发生至今，党中央和人民军队以及全国各族人民都在倾尽全力抗震救灾，重建工作已经提上议事日程，美好的明天即将来临，而我们这些生者，还有什么理由懈怠呢？我们只有不断努力和进取，才能告慰逝者。我坚信，在英明正确的党中央领导下，勤劳、坚毅、果敢的灾区人民一定会战胜灾难，重建更加美好的家园。

第五辑　故乡书与心灵史

在城市乡居

我一直追求一种散淡的生活，无论生存压力多大，内心深处依然渴望乡村生活的宁静、恬淡。如今，城市生活的压力显而易见，白天的喧嚣、忙碌、车水马龙，夜晚的光亮、音乐、灯红酒绿，看似热闹，却充满了虚伪、自私、孤寂。在这样的环境中，既不能听取“蛙声一片”，又不能闻到“满田稻香”，要保有自己的信念和个性，是非常不易的。所以，“采菊东篱下，悠然见南山”只是一种美好的憧憬罢了。

周敦颐在《爱莲说》中讲到莲之高洁，是出淤泥而不染。莲在恶劣的环境下尚能如此，况万物之首的人乎？在物欲化的社会里，我们能做的，就是保有灵魂的自由和人格的尺度。在一个拜金的时代，媚俗的倾向会扭曲人心。文明社会，不仅仅是经济的富庶，还应该是人与人之间的平等、收入差距的缩小、自然山川的秀美和发自人内心的快乐和谐。

作为一个写作者，如此酷爱乡居和思考，有时总会想自己会不会成为这个时代的多余者，会不会令人发笑而被认为不合时宜。这种担忧显然很滑稽。在我上班必经的一条道旁，有一天突然冒出了一片竹林，这城市缝隙中的一片翠绿令我惊讶而兴奋。每天，我经过这片绿，行进的脚步必然放缓，原因是在四周钢筋水泥浇筑的楼房和道路之间，这片竹林不仅使我眼睛放亮，得到内心的抚慰，而且引领我的思绪飞到了远方。栽种这片竹林的是环卫所的主人们，我曾经先后三次看见他们在不同的季节反复种植，竹林才成活为今天这个模样。可以说，一年成林，殊非易事。我心里顿生对他们的好感。苏东坡有言："宁可食无肉，不可居无竹。"竹之谦谦君子，竹之堂堂风骨，竹之高雅志趣，在现代都市里已经不多见了。

川南的乡居，每家每户多有竹林相伴，或一丛，或三五丛，那种乡间自由的风和一尘不染的清爽透过婆娑的竹叶拂在脸上，触碰得你内心温暖无比。如今我在城市生活，每每拖着疲倦的身心回到家，才能得到最大限度的放松，这其中之一的功劳，要给阳台上已经成林的那些树木花卉，其中就有一丛棕竹。事实上，我家阳台比我房间面积大，足有80平方米。原汁原味的乡居生活几乎不可能，但在城市打拼之余，有这样一座阳台，也为我搭建构想中的乡居提供了便利。

经过十多年的培土、栽种、发展，我家阳台不仅植物繁多、茂盛，几近封林，而且一年四季都鸟语花香。有一年夏天，有只鸟一连十多天竟都飞到我家阳台找水喝，我给它清水，还喂它米粒。我看见它不停地在树木之间飞来飞去啄食虫子，每天清晨还按时发出鸣叫，如歌一般的欢唱，脆脆的，悦耳而动听。母亲仿佛知道我的心思，在土质空余处，栽种下血皮菜、木香菜、青菜、蒜苗等，这些纯天然的绿色食品真是让人满口生香，非乡居亲为者不能享受。

这片后花园，正是我渴望的在城市乡居的乐园。它是我思索的土壤，也是我休闲的港湾，更是我写作时的伙伴。特别在雨中，我推开窗户，鲜亮光洁的植物花卉更显生机。我呼吸着来自自然洁净的有些潮湿的空气，在寂静中铺纸走笔，就会感到一阵愉悦，仿佛得到了某种神示，写得流畅而灵性。

在这座城市，要想邀朋友们避开浮华找一处乡居似的环境品茗手谈或聊天交流，不是一件易事。在水泥垒砌的城市生活中，最可怕的是车流之声相闻，老死不相往来。忙忙碌碌的人流，孤寂惨淡的内心，那种乡居的怡然、欢笑、亲朋好友的真情骂俏，邻里坊间的掏心相助，都使你异常留恋。好在大梯步旁那露天宽敞的茂林修竹环绕的老六六茶楼，分明就是乡居生活茶馆的翻版，一排土木结构的房子，青瓦灰墙下，是若干木轩窗。冬暖夏凉，空气清新。晴朗的夜晚，在宽阔的室外，一边品茗，一边透过竹叶或夜来香的枝柯眺望星星，只有这时，你才能感到心中的畅快轻松，也才可追寻儿时的梦想，重温飞天的豪情和憧憬。雨夜，芭蕉叶滴答的声响正映衬了室内的寂静，一方小小的棋盘，黑白世界里两军激烈的搏杀，胜败其实并不重要。在你和挚友之间手谈时，重要的是全身心的投入、思考、进退、取舍、局部、全局、尖、冲、顶、断、接……这一系列过程，是对现实残酷短暂的忘忧，是对假想世界必胜信念的坚持，是在遇到挫折和困难时对曙光来临的欢呼。雨中手谈，不能举棋不定，更不能一落子成千古恨，否则，那声悔恨并着落子的脆响，在偌大空荡的木屋里也会惊得你内心隐隐作痛。

其实，闲暇时围棋的对弈，又何尝没有生活中的甘苦得失，人生中的很多道理，在围棋中已经非常明了。

喜欢六六茶楼，不仅在于它的环境，还在于它的人情味："低头有家乡风物，举杯是故土人情。"仅此两句，乡居生活已跃然眼前，内心涌荡着阵阵暖流。

看来，在城市喜欢乡居生活的不止我一人，不管物欲化的生活多么浓酽，我想我们都不会被彻底淹没。

诗歌里的记忆

随着城市化进程的加快，一边是钢筋水泥构筑的楼群如雨后春笋般拔地而起，一边是古迹文物的不断消失填埋。这是一个追求利润最大化的年代，也是一个思想道德高地缺失最大化的年代。作为一个读书人和思想精神的追问者，生活在这座城市，目睹这座城市几十年来的变迁，我为这座城市的发展变化点赞，同时也为这座城市在精神文化特别是在古迹文化方面的挖掘、保护、建设、发展上的缺失而深感遗憾。

一个民族优秀的文化传统，是一个民族创新发展、永远向前的动力，是一个民族生生不息、成长壮大的滋养和源泉，如果被人为割裂，那将是一个民族的悲哀。

因此，我们要做到践行社会主义核心价值观，就必须重新搭建民族优秀文化传统的平台。这个平台是多方面的，应能够满足人们各方面的精神诉求。

比如现在的我，要想去寻访百子图中的滴乳岩，这座千百年来被历代名人题咏的自然人文风景点，就只能在梦中或者历代名人的诗歌里。

要是没有这些诗歌留存，几年前被城市化进程填埋的这处风景点就不会被人记忆和追怀。“三官祠外炊烟淡，百子图中曙色浓”，这是朱德总司令咏百子图的诗，百子图的无限风光深深浸润于我的心中。后来读清人僧雪堂的诗《滴乳岩》，感慨就更多。

初抵琵琶沟，登高拜武乡。
先来视滴乳，活泼生清凉。
飞泉挂瀑布，溅玉飞珠忙。
深洞众妙具，石室如蜂房。
泸人为我语，乳犹甘露香。
不涸亦不溢，同声歌甘棠。

当时，这里樟楠蔽日、幽静无常，早在唐代，便已建起佛家禅院。北宋诗人黄庭坚来此品尝石缝内溢出的山泉后，大呼“清冽甘甜，一州泉水皆不及也”，后欣然题写“滴乳岩”三字，刻于岩石上。历史上，杨升庵、黄云鹄等名人大家都曾来过滴乳岩，无不为这里的美景和清澈的泉水所陶醉，或题刻，或歌吟。我所敬重的泸州文化名人、泸州市图书馆馆长吴孟辉女士，生前听说为了城市发展需要填埋百子图滴乳岩，不顾80岁高龄的身体，拄着拐杖到某市长办公室据理力争，最终还是未能保全这处历史文化遗存，这不能不说是一件非常遗憾的事情。

前文所引朱德总司令的诗，诗中所说三官祠，也是泸州城中一处重要的人文景观，后来在城市化的进程中损毁了。根据民间传说和相关史料记载，三官是指天官、地官、水官，是道教中的三元大帝，主宰天、地、水三界。我国上古有祭天、祭地和祭水的礼仪。道教所谓“天官赐福、地官赦罪、水官解厄”的说法，事实上也是劝世人对自然要有敬畏之心。这种朴素的自然观，除了要求我们的生存发展要与自然和谐外，还应该与人、与自己的内心、与身外的外部环境和谐发展，否则，就只会招来不幸。泸州的三官祠建于明嘉靖年间，地址在今天的柏杨坪泸州市社会福利院。从明清直至民国初，这里都犹如人间仙境一般，成为人们祭祀和游历之地。这也说明当时我们泸州人有着敬畏宇宙和自然之心。我为故土上的先辈们骄傲，正因为他们有这一份敬畏之心，才将故土建设和保护得这样好。我从清代江国霖的诗中看到了当时泸州三官祠及其周边的美景，让人陶醉，让人震撼：

城南咫尺近仙乡，野草茸茸夹路长。
采药人穿修竹去，晚春天似早秋凉。
树荫垂地云难扫，花气熏帘雨亦香。
丹灶琴台何处问，步虚声断暮山苍。

——清·江国霖《游三官祠》

从以上诗歌里，可看出当时泸州的生活环境是绝对原生态的，人文底蕴也是厚重的。今天，虽然我们无法回到那样的境地，但每每读到这样的诗歌，总会心潮澎湃、心生向往。我想，人类向前发展必须要借鉴民族优秀的文化传统，对未来的规划打造切忌盲目地追随和破坏，尽量将保护、发展与创新融为一体，方能给前人与子孙一个交代。

生命的终点

每年正月间和清明前后，我都要奔波于两个墓园之间，一个是老君山公墓，一个是状元山公墓，我的长辈亲人分别葬于这两个公墓中。之所以选择这两个时间去墓园祭扫，一是符合我们中国人对亡者的追思习俗；二是家人与亲朋好友相聚，也不会忘记先贤们曾经的音容笑貌和殷切期望，记住我们从哪里来，还将往何处去。就像一首歌里所唱的：记住我们的血脉，留住我们的根。

这个根，汇聚起来，就是中华文明的优秀文化传统：忠于国家、孝敬父母。具备这样的家国情怀，我们对礼义廉耻、是非曲直、善恶美丑、真假爱恨的认知可能就会深刻些、客观些，从而明白一生中你该做什么、不该做什么。而这种言传身教，往往会影响一个人的一生。

一个人抵达生命的终点，固然让生者惋惜、惆怅甚至悲苦，特别是至爱亲朋以及那些让我们敬重和爱戴的人，但这也是无可奈何的事。有生便有死，这是不可逆转的自然规律，重要的是，当生命终将结束时，你是微笑相迎、坦然面对，还是恐惧畏缩、遗憾而别。

一代文豪泰戈尔的坦然告别，是因为他把世界上最美好的鲜花和智者的诗意情怀献给了那些心灵需要慰藉的人们，从而启迪他们追求蓬勃向上的生活。伟大的作家托尔斯泰虽然憾别人世，但是他是为了改变一个制度——让人民大众能过上幸福生活和思想自由解放未果而离开人间的。这两种告别，在人们的心目中，是美好和圆满的。人们有理由相信，他们留下的巨大财富——伟大的文学作品，会释放别样的光芒，指引人们走向幸福的明天。

葬在老君山墓园的祖母离世时，我还是个小学三年级的学生，但祖母临别时对我的叮嘱至今犹在耳旁：要读好书，要有出息，要堂堂正正做人。我想，祖母离世是有遗憾的，而我今天来祭祀祖母，就是要让祖母放心，要让祖母在天之灵安息。已过天命之年的我，一直按照祖母的嘱咐行走在人生之途上，也算是个有血性的中国男儿，有一天，当我人生的旅程抵达终点时，我会自豪而平静地对祖母说：我未丢你老的脸，无愧于你的教诲和期许。

生命终点的故事，古今中外，多不胜举。我记忆中最深刻的一件事，要数有一次，我去南寿山墓园祭扫一位朋友父亲的墓。朋友的父亲生前曾是一位厂长。那时的企业并未改制，都是国家和人民的，厂里分房时，他最有资格第一个选房，但是他主动把房子让给了最需要的人，上头分配几个名额下来，可以直接晋职涨工资，他又谦让了。他平易近人，又有真才实学，在位那几年，厂里效益特别好，工人的待遇也好，人们对他特别有感情。但他终因劳累过度而突发疾病离世。据说，他走时，人们送的花圈摆满了一条街。那次，我与朋友去他父亲的墓园，墓园摆满了祭品，插满了香烛……朋友说，是他父亲生前好友，包括改制后的原先厂里的那些工人们来悼念的。多年来，这种自发的悼念从未中断过。这件事，让我再次相信人间自有真情在，人间自有一杆秤。我想，我那个朋友的父亲，如有在天之灵，也会含笑于九泉。

著名诗人臧克家有首诗：有的人活着，却已经死了；有的人死了，却还活着。确实，芸芸众生中，匆匆过客太多，我们很难记住他们的大名，更不要说触摸到他们闪光的人性的光芒。那些为了国家的富强、人民生活幸福美满的仁人志士，甘愿抛头颅、洒热血，即便在生命抵达尽头的时候，依旧初衷不改、信念不变。这些人虽然早已离我们而去，他们惊天地、泣鬼神的传奇故事却永远活在人们的心里。前些时日，我行走在川滇黔边红军曾经走过的一些地方，耳闻流传的红军故事，拜谒一些无名红军烈士墓，内心的震撼特别强烈。在水潦金龟山的红军将领龙厚生烈士墓，我曾深深三鞠躬。这位中国工农红军川滇黔边游击纵队的后期负责人，被敌人残害于金龟山前，曾高声喊出“新中国必然到来，共产党万岁”的口号，其声响彻天地、震荡寰宇。这种不惧死亡的精神，也是一种家国情怀的支撑，更是正义和信仰的支撑。我仿佛看见，接近终点的生命，比天边的彩霞更加壮丽、灿烂。难怪水潦高坪村不仅为龙厚生建了墓园，还在村委会的墙壁上刻着龙厚生等烈士的英雄塑像和传奇故事，以激励后人。生命至此，辉煌熠熠。

今天，当我行走在墓园中，看见林林总总的墓碑上镌刻着一个个亡灵的名字和浇铸的头像，这些曾经鲜活的生命，无论伟大还是卑微，无论崇高还是平凡，只要他们曾经具有家国情怀并为之践行，我以为都是值得生者尊重的。而那些为正义与和平献身的英雄人物，则是我们学习的楷模。至于那些憾别人世的生灵，留给我们的是思考和启迪：总结前人的经验，在生命抵达终点前，少留遗憾，多给后人留下美好的念想，才是人类文明不断进步的标记。

川南的乡愁

川南的乡愁，是糯米、高粱、玉米、黄豆、水……中和磨合发酵的酒香，在长江、沱江汇合而成的城市上空历久弥散，在赤水河、永宁河、月亮河、濑溪河上空历久弥散，这些来自天地之间的精灵，这些让人念念不忘的香，千百年来，源于这片勤劳的乡土而归于乡土，源于这份令人难忘的乡愁而归于乡愁。

我沿着乡愁的记忆，走进故土的深处。那是四月烟雨迷蒙的季节，“米贵阳、米贵阳”的声声啼唤使婆娑的竹林更加妩媚，使宁静的江水更加澄澈。雨停风止，阳光温婉，橙花的郁郁香气随风飘来，在山水和土地间游走漂泊，郁郁香气随之而来，还有金黄淡雅的龙眼花，还有淡黄高贵的荔枝花……这让一个闻惯了城市酒香的人顿生诧异。在乡土花香的怀抱里，闭目深呼吸，我不禁泪流满面。在秋天，当你完成收割放下锄头时，当你举杯庆祝粮食满仓时，便会为这种简单而幸福的生活而心生感慨。

知足而乐的生活让我们心中多了些平和与感恩。多情而可爱的乡土，月白风清的乡土，蓝天下，草木萌动。芬芳的乡土诞生生命、滋养生命、延续生命。记忆中的乡土承载了多少悲欢离合的故事和传说，承载了多少哀叹失落和祝愿希冀。如今，我们寻找乡愁，是为了记住乡愁中那一抹忧伤而让以后的生活不再忧伤，是为了记住乡愁中那一段幸福而让以后的生活更加幸福。

是的，我沿着乡愁的记忆，走进故土深处，那熟稔的茶香，让我看见银顶山万亩有机茶山的青翠壮观，让我看见丹山脚下红岩绿茶的波翻浪涌，让我看见法王寺下佛心茶的美好祝愿，让我看见马嘶乡建新茶的清澈透明。传说上古时期神农炎帝尝百草而日中七十二毒，得茶而解。故乡之种茶，早在唐宋已成风气，而纳溪梅岭茶当时已成贡品。种茶之优良传统，时至今日，早已发扬光大。善饮茶者，福寿之人矣。然，故乡人深知福寿之理，要想一生得福寿，须臾不离勤劳创造，须臾不离节俭和睦，须臾不离奉献谦让。凡三者俱达到，则饮茶之高手、福寿之高人矣。在故乡的大地上、山水间，种茶者众，而已成规模者、获各类金奖者亦不在少数。当然，主要是以蜀中的绿茶为主。这也不必少见多怪，因为我生活的这座城市，茶馆、茶楼、茶店、露天茶园、茶园会所多如牛毛，且确实饮茶者过众，他们大都以饮绿茶为主。毕竟，饮茶，有国饮之说，善饮茶，多饮茶，确实有益于健康。有时，读书、写作或工作累了，我就会去大梯步旁边的露天茶园喝茶，一是价钱低，二是在那种场合，有回归自然、回归乡土的感觉。一杯清茶，在天光云影中，让我记住了乡愁，记住了土地与人类息息相关的物事和美好。

新街子记事

在城市化进程不断加快的今天，新街子依旧保持了那种古朴和简约，我步行其间，恍若时光倒流，儿时的种种记忆、邻里乡亲的音容笑貌、凡人间悲欢离合的故事一一呈现于脑中，让人感喟万千，那是20世纪六七十年代发生的事情。我知道，城市化的步伐不可阻挡，总有一天，这些连片的木质结构的房子和古旧的秦砖汉瓦搭建的建筑会被拆掉，随之而起的将是钢筋水泥构筑的高楼大厦。那种冰冷的老死不相往来的独门独户，很难再享受到乡情的温暖和亲和力。我曾在这条街的某扇门里，与家人和邻居们生活了十年，那种刻骨铭心的记忆恐怕无人能拿走。虽然我离开这座城市的这条街道已有四十余年，那些熟悉的面容和乡音此时在这条街道上再难觅踪影，但昔年岁月的人与事，总是如影随形，挥之不去。比如现在，当我走在这条街上，那些熟稔的门牌木窗，那些光滑平整的石梯青苔，以及偶尔出现的过时的标语口号都会令我想起他们。

余雷

如果这篇文字稍有不敬，请余雷哥在天之灵原谅我的冒失。

余家是我家左边的第三户邻居。余雷生性好动、机灵聪慧，但就是不好读书。他爹是一位老学究，家有很多藏书，甚至还有《三国演义》和《水浒传》之类的小人书。他爹不借书给外人，余雷就装着要读书的样子，悄悄将那些小人书拿给我们，就此，我们对余雷哥就有了好感。我们常往余家跑，还因为他家大厅房梁上有一窝燕巢。春夏之交，燕子飞来哺育下一代，叽叽喳喳甚是欢乐。那种自然界里生命的单纯和迅速的成长，让我们这些少年的内心感受到了生命的美好和快乐。“燕子来筑巢，家兴人丁旺。”这些晓畅易懂的谚语，往往体现了人与自然和谐相处的道理，有着本真的吉祥和祝福。不喜欢读书的余雷哥，未必懂得这些。有一次，外出觅食的母燕飞回巢喂乳燕时，不小心将衔着的一条昆虫松嘴落下，正好砸在正在吃饭的余雷哥的肩膀上，第二天引发了红肿炎症。他一怒之下，用竹竿将梁上的燕巢捣毁。此后，恋上他家十几年的燕子再也未飞回来过。因为这件事，他父亲当场气病。自知有错的余雷，为了表示对父亲的悔意，特地跑到长江里去抓鱼。那时正值夏天暴雨过后，长江水位猛涨、水流湍急，从上游漂流来的鱼大大小小不计其数，凭着上好的游泳绝技，余雷三下五除二游到江心，抓住一条大鱼又以迅雷不及掩耳之势游回岸边。这让岸上的人叹为观止。他为父亲熬鱼汤，以尽儿子之孝。父亲原谅了他，只是叹息：无知是人生最大的敌人。那年，他家的书籍被查抄。那些珍贵的古版图书被运到货场坝集中销毁。是夜，应我们这些小弟弟的请求，余雷哥趁着夜色潜进货场坝，为我们拿回了一些图书。这是余雷哥在我心中占有英雄位置的一件事。是年冬天，寒冷无比，他父亲经受不住接二连三的打击，行将离世。行事粗枝大叶的余雷还以为父亲怕冷要烤火，遂到货场坝去偷煤，回家途中掉进深沟，摔断了三匹肋巴骨。

再次遭到打击的父亲，终于未能承受生命之重，含恨去了天堂。

伤愈后的余雷哥，很悲伤，也很迷茫。此时，“文化大革命”使整个社会进入了无序而混乱的状态，年轻气盛的余雷哥搭车去隆昌观武斗，不幸被流弹击中，当场殒命，时年20岁。那是20世纪60年代中后期的事情。

大毛

大毛姓王，叫王大毛。我认识他时，那张俊秀的脸庞和一双忧郁澄黑的眼睛留给我极深刻的印象。我家从大叶坝搬到新街子后，在我新结识的娃娃伙伴中，大毛是我最有好感的一个。

任何时候，他的谈吐中都没有一个脏字。虽然平时他话不多，但说话行事颇为得体，这跟他极严的家教有关。印象中，我从未见过他父亲，只见过他母亲，邻居们都叫她王妈，我也不例外。王妈身材高挑，五官端正，气质不错，精明能干，只是由于营养不良，脸庞发白。他不许儿子与其他孩子往来，唯独与我交往，是个特例。

王妈家里常年养兔，慢慢地就将大毛培养成了养兔能手。记得是一个春暖花开的季节，大毛要到城郊去割兔子草，王妈应大毛的央求，同意我随行。那时的天，蔚蓝蔚蓝的，空气湿润清爽，碧草遍地，花开满坡。记得我们走到燕子岩时，一种叫牛黄草的植物长得满山满坡，其场景和气势颇为壮观。这种植物茎秆细长，呈紫酱色，叶小嫩绿，开一种淡黄色的小花，茎秆内浆汁多，呈乳白色，味微苦，本地话又叫野苦敏，是兔子非常喜欢吃的一种植物。那天，我们采摘了满满一背篼。突然，我听见大毛不无失落地长叹一声：“要是父亲在就好了！”说完，大毛的双眼里噙着晶莹的泪。

回到大毛的家里，王妈不在，我大起胆子冒昧问大毛："你爸呢？"大毛并不介意我的唐突，回答道："我也不知道，反正从我记事起，我就没见过我爸，我妈也从不告诉我我爸的事。"说完，那双眼睛里的忧郁又加深了几分。

后来，就听有人在背后议论，说王妈的男人解放初被抓壮丁，跟蒋介石跑到台湾去了。有人就悄悄骂这对孤儿寡母是狗特务的老婆和儿子。我父母听着这些闲言碎语，却并不阻拦我与大毛往来，我相信父母的直觉，王家不是坏人。

我对王妈唯一的看法，就是没有送大毛去学校读书。以大毛的聪慧沉静，我料他是读书的好坯子。我们都背着书包上学去了，在琅琅书声中度过自己美好的童年和少年。而大毛呢，却只能在山坡溪涧中采割兔草，或在家中的兔栏边消磨自己最为美好的时光。我曾不止一次看见大毛孤独地对着他养的兔子说着深情的悄悄话，把他对父亲的无尽思念、把他自己的梦想和年少的心思说给兔子听。而兔子能不能听懂，我并不知道。

被养大的兔子，王妈必须要卖掉。这令大毛非常伤心，我第一次也是唯一一次听见大毛向他妈妈求情："妈，能不能不卖？"我看见王妈双眼盈泪，最后还是断然道："不行！"我知道，在20世纪60年代中后期，已是人们精神生活和物质生活双重饥饿的年代，卖兔换来的钱是王家唯一的经济来源，也是王家母子生存的本钱。

后来，王妈病了，患上了一种当时说来非常恐怖的病：肺结核。至此，我父母就不允许我再去王家了，说那病是要严重传染的。不久，因父母工作的厂子建了宿舍楼，我家便搬走了。后来听说，王妈在弥留之际，还想见我一面，而大毛在母亲离世后也投了远方的亲戚。至今，我与大毛应该有四十多年未曾见面，也未有点滴音讯往来。

简三

邻居简三，因他的父母与我双亲同在一个厂子，遂与我成了好朋友。胖嘟嘟的脸庞，结实的身子，天真无邪的眼睛，一个少年应有的优点，在简三身上体现得较为充分。

有一个词，叫秀外慧中，用来形容简三，一点都不为过。少时，家贫，那是一个物质生活和精神生活都极度匮乏的时代。学校放假时，我们相约一起到厂子里的锅炉房去拾煤炭花（未完全燃烧过的煤渣），以弥补家里的柴火短缺。天未完全放亮，他就到了厂里的锅炉房，并为我排好了队。那时去拾煤炭花的家属子弟不在少数，每天总有二三十人。烧锅炉的师傅名叫九哥，与我家还有点远亲关系。简三冲我与九哥的这层关系，就主动替九哥运煤、上煤、烧煤、下煤，使锅炉的火保持均匀，烧出的热水始终在 90℃以上，工厂用热水得以保障。轮到我们从下煤处拾煤花时，九哥就故意将刚送进炉里烧的煤下出，这样我们就捡到了滚刀煤花，这种煤花经燃耐烧。有时我们背着煤花回家，已是夕阳西沉、月亮升起的时候，简三就和我唱起了民谣：月亮月亮抬起了头，爸爸妈妈愁白了头，愁白了头哎，儿媳妇还未娶到手。回到家时，我的两条腿都已经有点不听使唤了，看到母亲端上桌的热气腾腾的饭菜，一阵温热慢慢涌遍了全身。

简三的记忆力极好，在拾煤花排队等候的空闲时间，他有时会给拾煤花的同伴讲故事，远非《熊家婆的故事》《公鸡打鸣》等小儿科，而是《薛仁贵征东》《穆桂英挂帅》，以及《一双绣花鞋》《三国演义》《水浒传》等片段，常常让小伙伴们听得津津有味。至此，简三的威信在小伙伴中大为提升。尽管我知道，简三讲的这些故事大多是头天晚上那个常常在街坊讲故事的说书人讲的，但简三能转换成自己的语言向小伙伴精彩地复述，还是让我感到惊讶和高兴。

有年夏天，天格外热，正值暑假。我家隔壁突然开了间中草药收购店。店主姓李，人称李老板。这李老板头发花白，说话有点阴阴的，大约五十岁，打下手的是一个二十岁左右的姑娘，模样尚可。李老板的话，她言听计从，除此外便不多言语。有人说，那女的是李老板的相好，有人说，那女的是李老板从乡下勾引来的。不知怎么的，他们开的这个草药收购店生意特别好，每天收购的草药种类多、量大，一到下午五点，便有人开车来运走。到了晚上，有时李老板还要喝两口，哼几句川剧。

简三和我商量，说我们也去乡下采草药，卖草药得来的钱，可以交给父母补贴家用。他这个建议深得我心。第二天，我们一起到李老板的草药店，弄清了当归、蒲公英、车前子、黄芪等草药的价格，便各自准备好行头，向乡下出发了。记得父母工作的厂子旁边有一座山，名叫猫猫山，因山形如猫而得名。这山上多产野生当归，我们便直奔猫猫山。那天，天气炎热，太阳骄横，我们连续采掘了两个小时，虽是满头大汗，却也采满了背篼。当我们气喘吁吁地来到草药店时，李老板却不以为然，说这个品种他店里收得太多，原先讲好的 3 角钱 1 斤，现在收购价变成了 1 角钱 1 斤。听到这话，我当时脑子就晕了。只见简三涨红着脸，乌紫的嘴唇哆嗦着说：你、你不诚信。李老板毫不介意，说道：要卖就卖，不卖就拉倒。

这件事后，我对简三说，明天就不去采了，免得受那个李老板的气。简三坚持要去，说假期作业已经做完了，反正闲着，能挣几个钱算几个。第二天我没去，手臂、额头上火辣辣的，肯定是昨天采草药被太阳灼伤了皮肤，否则没有这么疼。到了中午，天气更加燥热，太阳更加毒辣，有好事者拿了温度计去太阳坝下测量气温，报温直达 41℃。恰在这时，传来一个坏消息，说简三采草药中暑了，现停在厂里的澡堂内。我顾不得许多，赓即就往厂里跑，到得澡堂，看见一块木板上，简三直挺挺地睡在上面，已经没有呼吸，他母亲呼天抢地号啕大哭，众人将她死死抱住不断劝慰。我看见他右手紧紧攥住，他父亲边呢喃边慢慢扳平他的五指，于是那手心里露出一坨钱，很皱很汗渍斑斑的钱，多是一角一角的人民币。我知道，这正是简三卖草药的钱。看见这一幕，我的眼泪忽然流了出来，父亲赶紧将我抱住，抱起我往家走。那一夜，我无法入睡。几十年过去了，今夜，当我写下这些文字，我的泪仍在眼眶里打转。

小十

自我认识小十起，我就看不出小十坏在什么地方。他面善，胖墩墩的身子，一双黑黑的眼睛贼亮贼亮的。机灵、狡黠是小十最大的特点。

民间有种说法：好可以变坏；坏可以变好。

但是，这种转换是有条件的。

在那个物质和精神都很匮乏的年代，我认为，小十从好变坏，皆因贫困。

小十住家隔壁是糖食铺，他每天面对的是花花绿绿糖果纸包装的糖果，那种甜蜜滋润的诱惑在饥寒交迫的年代是致命的。小十的父亲常年在外做泥工，因嗜赌，寄回家养家糊口的钱少之又少，我们常常见到他母亲拾破烂和菜帮子。他母亲是个倔强而性情较粗暴的人，小十正值年少又是吃长饭的人，常因吃不饱流露不满而被母亲训斥，有时甚至还挨打。长此以往，小十便产生了逆反心理，继而产生了铤而走险的念头。

七月一个酷热的中午，街上几无行人，糖食铺的店员也处于昏昏欲睡的状态，小十大着胆子轻手轻脚走近糖食铺的柜台边，趁店员不注意，迅速揭开盛糖的玻璃罐的盖子，抓起一把糖就跑了，那速度，只是一眨眼的工夫。

我不知道第一次得手之后的小十的心情是得意畅快还是悔意由生，反正这事之后，小十又去如法炮制，终于在再行窃时被人逮了个正着。

店家要小十的母亲赔钱并希望她严加管教，小十的母亲气得咆哮跺脚，把小十打得鬼哭狼嚎。一个月后，小十伤愈。伤心至极的小十，学校不去了，书也不念了。在一个依旧酷热的中午，他趁母亲不备，离家出走了。

儿子出走，做母亲的，自是伤心不已。吃什么？住哪里？风吹雨淋日晒，饥饿冷暖疾病，做母亲的最是担心。最最关键的是，他会跟哪些人在一起，如果跟上了坏人，那将会是一种什么结果？

无论母亲怎样期盼儿子的回归，无论母亲伤心到什么程度，离去的儿子终未见身影。三个月后，当地派出所来人通知，说小十因多次盗窃被抓进了管教所，让家长去探望。也就是说，此时的小十已经变坏了，成了惯偷和强盗。这是他母亲和街坊邻居最不愿看到的结果。

这次事件后，小十的母亲常常闭门不出。时间一久，小十的身影和小十的故事渐渐淡出了人们的视野。

三年后，小十的事再起波澜。大约是一个秋天的下午，已经长得颇为壮实彪悍的小十穿金戴银地突然出现在家门口，他母亲见之，差点认不出来。毕竟母子团聚是一件美好的事情。当夜，小十匆匆离开家又去了远方。走之前，小十和他母亲都说了些什么，我们无从得知，听人说，小十给他母亲留下了一大笔钱，让他母亲好好养老。

第二天一早，当地公安机关来人询问他母亲小十的去向，结果不得而知。

多年以后，人们得知，小十及其同伙因贩卖毒品，在云南被公安部门抓获，后被处以死刑。随后，小十母亲迁离新街子，不知去向。这是20世纪60年代后期至80年代中期所发生的事情。

鱼凫街上传古韵

每次去边城叙永都会怦然心动，原因是那条修建不久的仿古街——鱼凫古街。行走在幽静、古朴、典雅的老街，思绪会变得沉静、深邃，思想的翅膀会飞得更高、更远。有时，我在老街客栈古拙的房间里不禁想，当年创意、设计、规划并投巨资建起这条老街的人，除了具备超越常人的眼光和智慧外，一定对边城叙永的历史文化充满了热爱之情。因此，从某种意义上说，我们要走进看得见、摸得着的叙永历史，以图更好地走向未来。鱼凫古街正好成了一条时光隧道，当我们穿越其间，叙永历史的恢宏和精要便一一呈现于眼前。

古街上建有永宁书画廊，将叙永历史上重要的节点，重要的人物、事件和影响用图文刊刻的形式，刻凿于石壁上，一方面便于传播，另一方面防止因短期内的毁损而使字迹模糊不清。我曾多次漫步画廊中，每次都有不同的收获。远一点的，是明代的少数民族女英雄奢香，为了维护中华民族的大统一，为了使自己的少数民族同胞过上幸福生活，不顾自己的荣辱得失，经过多年努力，终于修通了龙场九驿，让边远的川黔地域融进了中原先进的经济文化生活，推动了社会进步，这种大气魄和大胸襟，不要说在古代，就是在现代、当代，又有多少人能做到？近一点的，当数中国共产党领导下的中国工农红军。这支为中华民族解放和独立的军队，为普天下广大老百姓利益的军队，在叙永转战的时间虽不久，但留下的佳话和传说却世代传颂、生生不息。1935 年 1 月下旬，又饥又渴的红军将士路过叙永郊外的营盘山时，面对成片成林红透的橘子，仍然军纪严明、秋毫无犯，成为一段美谈。新中国成立后，曾经的红军将领伍云甫先生公开当时自己的日记。在日记里，伍云甫先生有过深情的记述。当地著名画家张成和先生据此画成的巨著《营盘山上橘子红》被人民大会堂收藏，至今还为人津津乐道。

历史是一面镜子，人世间的兴衰更替，有其必然，也有其偶然，有些看似偶然的东西，往往蕴含着必然。因此，值得为政者和人们深思、反省。

在鱼凫古街漫步，在古街的永宁书画廊品鉴，有一个人物不得不提，那就是明代第一才人杨慎。这个因“大礼议”获罪遭贬的才人来到边城叙永，没有因为自己的不幸遭遇而沉沦，而是以积极的人生态度融入少数民族生活，并以诗人的慧眼发现且描绘了当时少数民族的生活、习俗，为我们现在研究那一段时期的历史提供了极其难得的第一手资料。

千层石蹬陟云岑，夜市千灯瞰碧寻。
游女踏歌梅渚月，长山高髻似淮阴。

——《永宁杂咏》（其二）

铜鼓声中夜赛神，敲钗击钏斗金银。
马郎起舞姎徒唱，恼煞长征久戍人。

——《永宁杂咏》（其五）

据说杨慎往来边城叙永多次，一共为叙永留下了十八篇诗章。在这两首诗里，我们不仅看到了当时边地少数民族地区在国家怀抱里的繁荣、昌盛，民众安居乐业、游乐歌吟的欢乐场面，也看到了一个遭贬之人的无奈和懊恼。

古街的出入口处塑有一面杨慎在叙永边城行走和生活的故事墙。有一个重大的历史事件在其中也有体现，那就是中国近代史上著名的“护国战争”。当时，袁世凯要推翻共和复辟称帝（皇帝），蔡锷将军率先举起义旗通电全国讨伐，这支正义之师史称“护国军”。护国军进至川南，得到了川南和全国民众的拥护，在击垮袁世凯的复辟梦的过程中，叙永人民做出了极大贡献。据有关史料记载，在战事呈胶着状态时，单是捐出的军饷就有大洋十万之多，枪械、弹药、粮食等物资无数。护国战争的胜利，与叙永社会各界的支持密不可分。支持正义的叙永人民至今在城里还建有纪念蔡锷将军的松坡楼，从这一点亦可看出叙永人民的胸襟和气魄。

无论怎样说，正因为有了这条古街（虽然这条古街的打造，在历史文化元素的注入中还有瑕疵），我对叙永的历史和文化有了更近一层的了解，也有了更多的热爱和怀念。每次去叙永，我必定宿在古街，要么是边城客栈，要么是上舍客栈，连旅店的名称都透着古色古香的韵味。那么，在微凉的山风中，在夜色沉静的边城，入夜的梦里，一定还有马帮艰辛跋涉的蹄声，一定还有芦笙悠悠的祝福……

云烟水拍江门峡

旧时从泸州经叙永去云贵，必走江门峡，就是在当代，除了走纳黔高速，江门峡依旧是咽喉孔道，321 国道穿越其间，15 公里长的峡谷，其地势的险峻雄伟，其景色的秀丽迷人，在奔腾不息的永宁河的陪伴下，让人感叹、让人迷恋、让人惊悚，也让人难以忘怀。

随着科技的发达、社会的进步、国家的繁荣富强，高速路网已经四通八达，出行的便捷、安全和时间上的高效，早已有目共睹。人民群众早已感到改革开放红利的实在。我每次从泸州去叙永或更远的地方，必走高速公路，当从高架桥上经过江门峡上空时，我内心就会潮涌般翻滚。千百年来，我们的无数先人，在“蜀道难，难于上青天”的过去，在行旅于江门峡的过程中，不正是梦想着有朝一日，像我们今天一样，轻松飞过江门峡吗？

是的，江门峡有它美丽迷人的一面，比如它夹岸雄奇的群山，沉静澄澈的永宁河水曲折离奇地流淌，甚至在深秋水枯叶红的季节，自然的景色千姿百媚，让人恍若进入了一片仙境。明代著名文士何景明

（1483—1521 年）过江门峡时，正是这种情景的体会：

霜降水还漕，舟行不觉劳。
顺风欹浪疾，乱石下滩高。
鱼舫依红蓼，人家住白茅。
乡园待归客，应已熟香醪。

——《永宁舟中》

高速公路未通之前，我乘车无数次过江门峡，除了迷恋峡谷中的风光，比如群飞的白鹤、深秋的红叶、河谷的激流，还想多多品尝当地有名的酸菜、苦笋、荤豆花、永宁河黄蜡丁和青波鱼。美景与美食，构成了江门峡的双绝。

但更多时候，江门峡让人惊悚、畏惧之处在于它的狰狞险恶、多滩激流。旧时代，没有公路，陆路只有凿壁而成的栈道，水路只有顺势而为的河道，其行旅的艰辛可想而知。那时要过江门峡，须在峡口北端打尖休憩，天明上马前往，与送行人依依惜别，纳溪上马镇故而得名，且一直沿用至今。如果途中顺利，黄昏抵达峡口南端的江门古驿就算万幸了。

江门峡险阻奇绝，从林良佺的诗中可窥一斑。林良佺，广东平远人，清乾隆五年（1740 年）曾任泸州知州。他在下地方调研时，曾乘船经过江门峡，从他的诗中，我们可以了解当时的江门峡，仿佛亦有惊心动魄的体会：

两岸苍翠绿云屯，峡口迷离白雾昏。
拍岸惊涛奔雪浪，乱石穿空闭江门。
千寻嶂外看飞瀑，九鼎山阴听猿啼。
长啸一声三十里，兰桡欸乃过前村。

——《江门峡》

那时的江门峡，生态环境很好，处处林木茂密，水草丰盛。明代状元杨慎路过江门峡时，在江门驿写下了这样的诗行：“水峡群山日月昏，飞泉百道接江门。”（《水峡驿观瀑布泉行》）。江门峡的风光、气势，好是好，只可惜苦了百姓，由于峡中水流湍急，栈道湿滑，行旅苦不堪言，特别是在战乱频仍的封建时代，由于栈道毁损、年久失修、河床堵塞、乱石垒砌，水陆两路均处于难行之态，更让民生多艰。

明代陈南滨在《曹侯开道濬川记》一文中有记载，在曹震奉命疏通河道，重修驿站之前，过往江门峡水陆两路之艰险，亘古未闻，“其山连峰接轴，道狭仅容足，其难如登天，行者或四步五步六步七步乃止憩焉，气促汗流，竟日不一二程，山谷之水……篙师一失，舟楫不可复救。羌人惮于输贡，商旅怯于往来”。社会的动荡、交通的阻碍不仅使社会得不到安宁、止于进步，就连国家税赋的征收也成了泡影。“野草萧条尽掩门，携儿去採蕨芽根。竹筐不满归来早，硗确荒山雨气昏。”前人李天英在《纳溪道中触目》这首诗里，不仅体现了对生活在江门峡周边百姓生活疾苦的同情，也反映了当时民生凋敝的现实。

此种情况，至明朝初年得以改观。明时永宁宣抚司奢香夫人从国家统一、民族团结、百姓安宁出发，上奏朝廷，要求疏通河道平整驿站。明洪武二十四年（1391 年），诏景川侯曹震至泸州，除了从川黔赤水镇至川中修整驿路，还在江门峡凿石削岩以通漕运，耗时一年有余。从此，中原大地与云贵边陲的连接，因为去除了千百年来的梗阻，变得畅通无阻，百姓出行变得顺畅轻快，江门水驿的繁忙和文化生活的多彩由此生机勃发。

对明代开国元勋景川侯曹震开通江门峡漕运的功绩，当地士人百姓为其建庙以资表彰。为此，后代众多名士多歌吟之，其中尤以明代状元杨慎的诗句，我以为最贴心：

将军玉剑虏尘清，余力犹能水土平。
象马边隅通贡道，蛟龙窟宅奠夷庚。
史家底事遗经略，郡乘何曾纪姓名。
赖有琳琅播金薤，可无蘋藻荐芳馨。

——《读江门驿景川侯曹公开河碑》

许是有相同的遭际，漕运开通不久，明洪武二十六年（1393 年），曹震被诬以蓝玉党谋反，论死。一代战功赫赫、忠心可鉴的大臣，竟落得如此结局，让因直谏获罪被贬边塞永不赦返的杨慎深感同情并打抱不平，所以，才有“赖有琳琅播金薤，可无蘋藻荐芳馨”。曹震的形象美名，因此终得以从时间深处浮游而出，让我们心生敬意。

我多次往返于江门峡，寻访曹侯庙，终因年代久远而不得，问及当地文化人，说他们寻找多年亦无果。因此，曹侯庙的遗址迄今仍是一个谜。毕竟，20 世纪 30 年代川滇公路修通以后，经过江门峡时，栈道和驿站，包括水运，就逐渐弃而不用了。现代化的交通虽大大提高了人们出行的效率，但一个承载了千年时光和无数生命并为之演绎了悲欢传奇的地方——江门峡，是不应该被忘记的。传说吴三桂兵败黔蜀，还在江门峡驿道的山壁上刻了一个大大的“佛”字。也许经过命运的多次挫折，他意识到了自己的宿命，如果早些时候遁入佛门，可能此生还有福报。时代的局限和人生的局限，也是无可奈何之事。世间事，就是这么奇怪，不想留名的人，人们却念想着他，为他建庙立碑刻石；想留名的，却瞬间淹没在历史长河中。在为曹震竖碑的几百年后，有个名叫朱孝纯的人，在清乾隆三十二年（1767 年）任叙永厅同知，他不仅工诗善画、体恤民情，还勤廉为政，为地方经济文化发展尽心尽力，深得百姓爱戴，特别是主持修建叙永厅城墙，为今天的叙永老城留下了宝贵的财富。离任时，朱孝纯只带了几箱书籍和几套换洗衣裳。当地老百姓念他的好，将他写叙永的诗刻在了江门峡驿道的石壁上，其中一首是这样的：

安许循声达近畿，攀援黎庶太依依。
人思教养情何切，官语廉能事亦微。
桃李敢言亲手植，禾麻哪得称心肥。
清风两袖无庸怪，刺史当年一布衣。
——《乙丑七月奉调打箭炉留别丹岩士民八章》选一

古人竟有如此高标的人格和思想境界，不得不令我们敬重和汗颜。特别在当下，更有现实意义。无论是否为官者，要想不落骂名，最重要的一条，必须守住底线，必须要淡泊、沉静，这样的人生，才是踏实的、无所畏惧的。在这个基础上，你才可能活得硬气、活得幸福、活得问心无愧。

是的，云烟水拍江门峡，拍击石壁的水声和雾霭云烟终会消散，但人心公道必会藏于世间，无论时间过去多久，它都是人类向前的一盏明灯，照耀着人们默默前行的步履，且亮彻心扉。

泸州荔枝早负名

荔枝，这种热带或亚热带所产之果珍，因史上杨贵妃喜食而广为人知。据悉，杨玉环所食鲜荔，乃唐明皇令人八百里快马加急从泸州传递所至，难怪宋代大诗人苏东坡被贬惠州时，无意中尝到这种珍果，也会感叹：日啖荔枝三百颗，不辞长作岭南人。

年少时，就知故乡泸州盛产荔枝，及至年长，随着知识的增长，方知故乡不仅是盛产荔枝之地，其栽植的历史久远，与其相关的故事传说也颇多，不免心生感慨。

唐代著名诗人白居易在《荔枝图序》中这样描写荔枝："荔枝生巴峡间……核如枇杷，壳如红缯，膜如紫绡，瓤肉莹白如冰雪，浆液甘酸如醴酪。"这种红白相间，冰清玉洁的果品，不要说食，就是相见，也会让人喜极而爱。而且，荔枝一旦脱离母体，就会"一日而色变，二日而香变，三日而味变，四五日外，色香味尽去矣"。这种绝尘离世，颇有红颜投江保坚贞的风骨，远远超出荔枝本身的意蕴范畴，这也是我们持久喜爱这一珍果的因由。

故乡种植荔枝的时间，至少可以追溯至西汉时期，这有左思的《蜀都赋》为证："……旁挺龙目，侧生荔枝。布绿叶之萋萋，结朱实之离离。迎隆冬而不凋，常晔晔以猗猗。"那时的荔枝和龙眼在故乡这片大地上，早已根深叶茂、果实满枝，这才有了后人的歌吟不绝、赞美不断。

有人说，能吃到泸州的鲜荔是幸福的。南朝·梁萧惠开云："南方之珍，惟荔枝矣。其味绝美。"唐朝诗圣杜甫路过泸州，正逢荔枝成熟之际，这位在京城早闻荔枝大名的人物，在品尝了泸州荔枝后，不禁写道："忆过泸戎摘荔枝青峰隐映石逶迤。京中旧见无颜色，红果酸甜只自知。"（《解闷》之一）宋代罗大经在《鹤林玉露·物产不常》里讲道："蜀中荔枝，泸（泸州）、戎（宜宾）之品为上。"所谓一骑红尘妃子笑者，泸、戎产也，故杜子美有忆过泸戎摘荔枝之句。正是这种绵延不绝的歌吟和推崇，才使泸州荔枝的美名名扬天下。

通过荔枝而把泸州写得唯美的诗人，我以为当属宋代诗人唐庚，他在《题泸川县城楼壁》这首诗里，描写了当时泸州的情景："百斤黄鲈脍玉，万户赤酒流霞。余甘渡头客艇，荔枝林下人家。"这如诗如画的描述，让读者如身临其境，品着美酒美食，乘着木船游玩，尝着鲜荔游走，天是那么的蓝，风是那么的洁，水是那么的清，自在快乐，流连忘返。人生在这种情景里，比成仙还美。用现在的话说，泸州在当时就已经成为中国的后花园了。

这样说来，生在泸州，就是有福之人了。曾做过泸州知州的任伋（1017—1081 年），在荔枝成熟的季节，托人给他的好友文同送了一筐荔枝，言下之意，珍果要与朋友分享才更有意味。文同在收到礼物后，记述了孩子们欢天喜地地争食荔枝的场景，读来令人捧腹：

有客来山中，云附泸南信。
开门得君书，欢喜失鄙吝。

筠奁包荔子，四角具封印。
童稚瞥闻之，群来立如阵。
竞言此佳果，生眼不识认。
相前求拆观，颗颗红且润。
众手攫之去，争夺递追趁。
贪多乃为得，廉耻曾不问。
喧闹俄顷间，咀嚼一时尽。
空余皮与核，狼籍入煨烬。

——《谢任泸州师中寄荔枝》

与此欢乐场景相反的，则是明代状元杨慎的悲苦人生。明世宗嘉靖三年（1524年），杨慎以直言议礼获罪，被充军边塞。其间，他流寓泸州十余年，与泸州山水和文化人结下深厚友谊，对泸州荔枝情有独钟，这给他悲苦的内心带来了些许慰藉："萍实楚江浮赤日，桃花秦洞灿红霞。试将海内芳蕤数，敢并江阳（泸州古称江阳）荔子夸。"（《荔枝》）在《江阳病中秋怀》（之四）里，他又写道："南定楼前碧草青，荔枝林下少埃尘。三泸名号讹千古，二水泯涽会两津。青箬海商船舫集，红妆营妓管弦新。多情莫悔登临数，良夜何妨秉烛频。"温暖在民间，泸州的温暖不仅体现在自然环境、山水风物，更体现在人文精神、物质丰沛、社会繁荣进步。因此，即便在杨慎被流放的最后关头，生命行将决绝的时候，他依然想到了泸州，想到了泸州及泸州荔枝给他生命的温暖和美好："梦里江阳荔子丹，觉来枕上月光寒。含情懒对痴人说，唯向杯中觅旧欢。"（《纪梦》）

故乡的风光和物产，特别是荔枝，就是这样被一代又一代文化名人留恋和倾诉，无论是喜悦还是悲伤，更多的时候，它已经成为一种文化符号和象征，具有了一种深厚的文化内涵。无论怎样说，这种果中之珍，在当代已经成为老百姓都能吃得起的水果，不能不说是一种社会的进步，也是社会发展的必然。在我们泸州的合江，就大面积种植有荔枝，不仅种类多，如黛绿、坨提、妃子笑、大红袍等，而且质量上乘，口感、大小、色泽都让人称道。每当果品成熟季，根本不愁销路，市民驾车去争相抢购者络绎不绝，正是：寻常百姓食荔枝，果农欢笑幸福路。

山水诗酒伴升庵

泸州自古不仅山川俊美、江河秀丽，也是美酒飘香、诗赋儒雅之地。历史上，与泸州有过不解之缘的名人雅士很多，杨升庵便是其中之一。

杨升庵（1488—1559年），本名杨慎，字用修，号升庵，四川新都人，24岁中状元，有明代第一才人之称。身为相门公子，杨升庵自幼聪颖好学，擅长吟诗作对。相传升庵少时在家乡池塘游泳，县令经过，他竟不回避。县令怒言："本县令出副对子，如果你能对得出，饶你不敬之罪！"上联是：千年古树为衣架。谁知升庵脱口而出：万里长江做澡盆。县令叹服，赞其神童。可见升庵少年才情，确实名不虚传。

但任何事物都有两面性，即福兮祸所伏，祸兮福所倚。就在杨升庵中进士第一不久，在他平步青云、前程似锦之时，因为在朝中议大礼而开罪于嘉靖皇帝，先后两次遭廷杖惩处被发配到云南永昌卫（今云南保山）。这种人生急转的变故，是杨升庵所始料不及的。从此，一代才人颠沛流离、备受折磨，过上了身心俱寒的生活，与我们泸州紧紧联系在一起。

据有关史料记载，杨升庵发戍云南30多年，其间“往返滇云十五回”，每每均从泸州经过。晚年“流寓江阳十余年”，与泸州友人结社赋诗，交游日众，为我们泸州留下了许多传世名篇。

或许是泸州美丽的山水和温润心灵的美酒以及善良淳朴、智慧重情、识大义讲大理的泸州友人善待了我们的这位大文豪，使杨升庵的内心得到了慰藉和温暖，因此，杨升庵在泸州这片诗与酒浸泡的土地上，才有了希望，内心重又萌动着憧憬。这一时期，他以真情实感，把在泸州的所见所闻抒发得淋漓尽致，让我们看到了泸州在明代的繁华、美丽和幸福：

南定楼前碧草青，荔枝林下少埃尘。
三泸名号讹千古，二水泯湣会两津。
青箬海商船舫集，红妆营妓管弦新。
多情莫悔登临数，良夜何妨秉烛频。

——《江阳病中秋怀》之四

水精丸映绛纱囊，名字曾闻十八娘。
锦作林时传赋咏，绣成堆处献君王。
玉壶美酒开华宴，团扇薰风坐午凉。
纤手吴姬含笑赠，金盘何用荐槟榔。

——《咏江阳八景送客还滇南·荔枝书锦》

泸州古时又称江阳，在杨升庵的诗中，还有大量描写泸州山川风物、人情世故的诗章，都因语境新奇、独树一帜而让人过目不忘。

泸州，因为杨升庵的诗歌而名闻四海，引得天下名士心向往之。“乘兴不须回剡棹，藜灯秫酒尽从容。”“试将海内芳蕤数，敢并江阳荔子夸。”这些歌吟泸州美酒和荔枝的诗篇，着实让人艳羡，让人留恋。

嘉靖皇帝永不赦返的诏令，使杨升庵晚年的思想和身心受到沉重打击，也使他最终认识到封建朝廷的专制和黑暗。他无须呐喊，也不能牢骚满腹，只能漫步长江边，望着滔滔不息的江水，沉思默想，或者以完全放松的心态，“尝醉，胡粉傅面，作双丫髻，插花，诸伎捧觞，游行城市，了不为怍……”。

这种人生之心灵的大伤已达极致。而达到极致之伤，又会让人茅塞顿开，让人的思想升华到一个大境界、大豪迈、大达观之地。因此，杨升庵终于在这时，在长江和沱江相拥的泸州这片神奇之地，成就了他人生的又一辉煌，他将一生坎坷、荣辱得失的独特经验诉诸笔墨，终于挥就了历史上的名篇《临江仙》：

滚滚长江东逝水，浪花淘尽英雄。是非成败转头空。青山依旧在，几度夕阳红。

白发渔樵江渚上，惯看秋月春风。一壶浊酒喜相逢。古今多少事，都付笑谈中。

大彻大悟的杨升庵，此时已迈入老年之境，可就是以这种年龄流寓泸州，朝廷也不放过他。王世贞在《艺苑卮言》卷六云：“杨用修自滇中戍暂归泸（泸州），已七十余”，“而滇士有谗之抚臣昺者（王昺），昺，俗戾人也，使四指挥以锒铛锁来。用修不得已至滇……病寓禅寺以殁”。70岁的老人，还要戴上锒铛锁归滇，这种非人的遭遇真是让人扼腕叹息。

在远离自己不是故乡胜似故乡的泸州，在知道自己的生命即将熄灭之际，杨升庵，这位伟大的文学家，念念不忘的，依然是泸州的山水、泸州的诗酒、泸州的友人，泸州，已然成为他生命的支柱、精神的原乡。他在离别人世的最后关头，写下了对泸州的深深眷恋和感谢：

梦里江阳荔枝丹，觉来枕上月光寒。

含情懒对痴人说，唯向杯中觅旧欢。

——《纪梦》

这种无限深情不单是对泸州的热爱，更是一种寄托，而今天的泸州人，每当读到杨升庵的作品，也不仅仅是一种怀念，更当珍惜幸福和谐的美好时光，努力向前，将我们的故园——泸州建设得更加美好。

走进屈氏庄园

远远看去，它像欧洲中世纪的古城堡，醒目、耀眼、神秘地伫立在川南乡间的田野。

这座占地30余亩的大庄园，四周用高达8米的两层围墙围护，并在东西南北角修筑了四座碉楼，其中两座高达12米。围墙和碉楼全是用酒米浆子和石灰砖砌成，坚固、耐用、森严，经历无数风雨而岿然挺立。自清末建成以来，这庄园就引得无数人好奇、神往。

这座庄园之所以影响深远、名震川南，可能是因为它的建筑规模，以及整个庄园的画栋雕梁具有近代建筑和川南典型的民居风味，并保留着传统的文化艺术特点。

庄园内共有房屋180多间，规划合理，错落有致，布置精当。共置有内外大小花厅、天井48个，并配有戏园、佛堂、内花园、外花园、水池、冰亭、钓鱼台、网球场、跑马道等设施。用现在的话说，就是生活、休闲、娱乐一应俱全。另外，九道拐等暗道机关以及地下粮库、地下银库的修建，亦可看出庄园主的防范心理和心机。

在清末民初，如此规模的私家建筑，不仅展现了庄园主的经济实力，更展示了他与上层权力之间的亲和关系，否则，以庄园主屈应选仅仅任过清末州府知事的身份，怎能建得起这样一座庄园，即便建得起，又怎能维护和延续他的辉煌？屈氏家族与皇亲国戚和上层权力圈的关系，使得其后人在以后的岁月里得荫庇之利而兴旺发达。庄园也不断得以培修，至新中国诞生时止，成为我们始知的这个规模。

前清翰林御史、后曾任伪总统顾问的高蔚然，以及军界要人谭廷闿均与屈家关系甚密，他们分别为屈氏庄园题写了门匾和对联，并雕刻在大门正中和两旁。高蔚然写的是“醒芦”，谭廷闿写的是“入和出明辉光照国，执义秉德安乐康居”。

如果民间流传的“一年州知府，十万雪花银”是真实的，那么屈氏庄园修建的费用肯定来路不正。但那没关系，请几个要人来装点门面，往脸上贴点金总是可以的，并可冠冕堂皇地说：屈氏庄园的人仍然是光明磊落的，仗义耿直的，守德善良的。这些话本身并没有错，问题在于，当一个国家和民族陷于水深火热之中，当广大人民处于饥寒交迫、生死未卜之时，当无数爱国志士血染疆场之际，屈家大院的小世界里依然是安乐富贵的日子。“摹历代衣冠如见古人来眼底，听一缕丝竹好留明月照花间。”此时，在屈家大院的戏台上看这样的演出，总是不合时宜的吧？

历史就是这样，我们无论是阅读还是游猎其间，都会感知它的无情、它的告诫，它的睿智又让我们因心悦诚服而心情沉重，并从中得到启迪，以利于更好地前行。

战乱、灾荒、国恨家仇，对于地处川南乡野的屈氏庄园都显得那么遥远，这是幸，还是不幸？屈氏庄园能够较完整地保存下来，应该说还是万幸的。据说，人民解放军的炮声刚刚在屈氏庄园的碉楼上响起，护园的家丁便纷纷弃械投降。从此，一个封闭、神秘的庄园不得不向世人洞开。

我曾经两次走进这个神秘之地。一次是在30年前，那时我还是个少年，隐约感到庄园的威严、阴森、压抑，总觉得一点儿都不好玩。30年后，当我再次走进这座庄园时，我不再有少年时的想法，哪怕是摸黑走九道拐，顺着陡直的楼梯爬上碉楼，在寂静中穿越迷宫一样的廊房、天井、花厅……或是在精雕细刻的古旧的大床旁触摸花纹图案，均有一种深深的认同感。当我从历史的深处走出，当我的思绪不再停留于历史事件和人物的纠葛，我不得不感叹我们祖先的另一种智慧，那就是石刻艺术、木刻艺术和建筑融为一体的智慧，这在屈氏庄园里发挥得如此淋漓尽致，堪称天下一绝。无论是历史，还是文化艺术和建筑，屈氏庄园都给我们提供了一个极有研究价值和观赏价值的实景样本。

从这个层面上讲，我为故乡能有一座这样古老的庄园而庆幸。

城市品质

热爱这座城市，是因为我在这座城市生活和工作。

两江环抱，背倚忠山，是这座城市最大的特色；“1573”的热情豪放，红花郎的敦厚纯粹，是这座城市的个性。“风过泸州带酒香”，使这座城市常常处于劳作之后芬芳馈赠的弥漫里。

美酒由秀丽的山水孕育，壮美的山水更催生了深厚的人文历史。山青气正、水碧如洗，人杰地灵、物华天宝，使这座城市的品质瞬间提升了。远的不说，在近现代的时光中，一大批杰出人物涌现或诞生在这块土地上，或与这方山水相连：恽代英、萧楚女、蔡锷、朱德、刘伯承、王朝闻、蒋兆和、凌子风……有关他们的故事和传说，成为这座城市史书中最亮丽的一章。

继山水自然、人文历史、美酒文化品质之外，这座城市的又一品质，即人的心灵追求，在于懂得在创造中追寻美、完善美、珍惜美。

在时代的大潮中，这座城市与时俱进，不敢稍有懈怠，昔日窄小低矮的旧城早已扩大规模。城市高楼林立，人居舒畅爽朗；道路宽阔，四通八达；桥梁纵横，出行方便快捷；城内绿树成荫，城外郁郁苍翠；争创国家园林城市指日可待，构建特大型中心城市成竹在胸；卫生城市深入人心，洁净的空气和街道使人居环境成为最宜居的典范。

当然，在发展变化中，这座城市也走了一些弯路，做了一些蠢事。比如百子图的破坏损毁、龙透关古战场的局促窄小……这些本应加强保护修缮，乃至重新规划发展的景观文物、自然历史，却遭到了不应有的人为破坏。从来没有听说过为了城市建设而必须牺牲不可再生的环境资源。历史的教训务必牢记，否则，一座城市的人文历史脉络必将缺损、失忆，将使城市品质骤然降至低谷。

好在现在这座城市已经意识到了只有山水是不够的，人文历史的厚重与自然山水的融合才能使它不至停留于表面的风光，内心的厚重睿智耐读，不仅使这座城市的人充满自豪感，就连外地游客，也会流连忘返，而不至走马观花。听说“蒋兆和纪念馆”“宋代石刻博物馆”等即将开建，我想，“王朝闻纪念馆”“凌子风纪念馆”等一批能代表这座城市人文底蕴的场馆也会列入议事日程。而这座城市一些热心人士所倡议进行的“新八景”评选我不敢苟同，原因是他们只是对现代城市建设项目进行评选。“景”，不仅是自然的，更应有人文历史的，否则，既不能在休闲观光中启迪心智，又不能愉悦性情，这种景观的评选又有何意义？

只有发掘、保护、规划、构建好一座高品质的城市，才有这座城市里人们高品质的生活。

孔明灯

初春的一个薄暮，当我们驱车从蓉城返回故里，一脚踏进泸县境内的时候，一阵万物萌动的氤氲和可人恬适的空气漫漫浸润了我的肺腑。每次外出归来，这种感觉都会很强烈。除了对故乡的依恋，我想，故乡每时每刻层出不穷、变化多端的人文景观，以及确确实实存在的那种万物生长散发的气息，已经深深打动了我、感染了我，使我无法与故乡分开。

就在我胡思乱想时，透过车窗，墨蓝的天空中悬挂着三盏橘红的灯，间隔着一定距离，随风呈梯级状缓缓向西飘移，逐渐消失。啊，孔明灯！这久违的民间放灯的习俗，今夜，突然闯入我的眼帘，闯入我的记忆，使我的思维忽然亢奋。车拐了个弯，前方开阔起来。这时，我看见公路边一座住家的房子前灯火燥然、人声鼎沸，有人围着数张桌子喝酒吃菜，有人正在放飞点亮的孔明灯。临近年关，我知道乡里人正在以自己独有的方式享受一年来辛勤劳动之后丰收的喜悦。他们一边请客吃过年猪，难得一年到头热闹一次，一边开展民间放灯活动，以求来年更加风调雨顺、大吉大利。

这样想的时候，我的眼眶莫名地开始湿润。宁静的大地啊，万物的繁茂多需要一个良好的生存环境，我的父老乡亲又何尝不是。他们所企盼的幸福，正是这种安宁日子之中的富足。他们表达这种喜悦和感恩的方式，虽然无言，却也多彩。

其实，在我记忆中，扎放孔明灯是为了追念三国时期蜀汉丞相诸葛亮（孔明）。诸葛亮在担任丞相期间，积极实行休养生息、联吴抗曹、平叛安抚等利国利民的政策，使蜀汉逐渐国富民强，形成当时天下三分的局面。他一生鞠躬尽瘁、死而后已，受到了百姓的爱戴。这种爱戴之强烈、之深厚、之持久，是任何人都始料不及的。我没有考证过扎放孔明灯是从何时开始的，但我在孩提时，曾在长江边的沙滩上，在每年孔明的忌日，看见人们扎放孔明灯的情景，每每此时，大人、小孩、围观者甚众，无数双眼睛带着祝福、祈祷默默看着一只又一只孔明灯升空、远去、消失。那一刻，成人变得深邃、庄重，小孩仿佛长大成人，瞬时懂得了很多人世至理。后来，这一民间习俗除了保持纪念孔明外，在川南一些地方，如故乡泸县，还演变为怀念亲人谢世、子女送灵升天的悼念活动。随着时光的推移、时代的变迁，近年扎放孔明灯则是为了表达人们对国泰民安的喜悦，对明天喜庆祥和、丰收年景的祝愿。

后来在故乡元宵焰火之夜，在火树银花不夜城的万人体育场，在礼花映天、鞭炮炸响的欢乐之海中，我又目睹了一次更为壮观的孔明灯燃放的全过程，那一只一只点亮的孔明灯保持着一定距离逐渐升腾的时候，我的心同万千观众一道沸腾、升华。在这良宵之夜、春之夜，我的活力倍增。从那一刻起，我忽然产生了一个怪怪的念头。我想，假如我是一只业已升空的孔明灯，带着大家的期盼嘱咐，开始了艰辛而明亮的路程，我将不怕生命燃尽、散落，只希望它带给你好运、温暖、快乐和美好的回忆。

故乡石

故乡泸州，山清水秀，物产丰富，人杰地灵，可谓富甲一方、声名远播，真乃一块神奇的宝地。在这块神奇的宝地里，连石头也会让人眼睛生光。

最普通的是鹅卵石。中华文明发源地之一的长江流经故乡全境，这条最最母性和无私的河流，在给予我们奶汁的同时，也给了我们无数的鹅卵石。每年夏天过去，水清枯瘦，沿江两岸便裸露出许多大小不一的鹅卵石。鹅卵石最大的用处当然是被人搬运去铺路建筑什么的。但我之所以对它情有独钟，却是因为它在另一方面派上了用场。记得儿时，家贫无力购买电风扇，每年夏天，晚上上床睡觉时奇热难耐，能驱热降温的除了扇子、自制的降温袋外，便是江中的鹅卵石了。它最大的益处是可当枕头、当凉手凉身的物件。我们常常在春末夏初的季节跑到长江边上，拣选那些扁圆单薄硕大的鹅卵石，吭哧吭哧地搬回家去，作为夏天清凉的床上用品。鹅卵石的色泽当然是青黑光洁圆润为上。听老年人讲，这种鹅卵石在水中浸泡的时间相当长，一不沾汗，二是凉性时间长。不知有多少个暑热之夜，我抱着凉凉的鹅卵石入梦。确实，故乡江中的鹅卵石，在那个比较贫穷的特殊年代里，给了我们这一代人无穷的乐趣和思恋。现在，电扇、空调已进入寻常百姓家，那些夏天睡觉时能驱暑的鹅卵石已经被人遗弃了。另一些鹅卵石，比如有着天然花纹、鸟影、人形等带艺术品位的鹅卵石逐步引起人们的兴趣。人们纷纷收藏、拣拾、交换，甚至高价收购买卖。说不定哪一天，会引发奇石热。

故乡江中除了普通的鹅卵石外，还有一种神奇的水晶石，故乡人又叫它五彩石，甚至叫花鹅板。这名字虽土，也足可见故乡人独特的想象力和审美视角。在沿江南岸一线，特别是茜草沙石滩上，只要你存心想拾取上苍赐予你的异石，不消半个小时，你便会捡拾满满一捧。白色的水晶、红色的水晶、蓝色的水晶、紫色的水晶、杂色的水晶，在太阳光下，撩人眼花，熠熠闪光。将这五彩缤纷的异石放在玻璃瓶中，续上清水，置于家中的书桌案头，能给你带来神奇的联想和幻觉，看着看着，你便会疑心到了神话世界，那些透明受看的水晶石宛如一个个仙子，从瓶中飘了出来，为你舞蹈，为你歌吟。这种崇高的精神享受，只有生活在长江边如我这样的故乡人，才能有这等福分。当南京人、三峡人纷纷把他们的雨花石、鹅卵石作为艺术品投入市场变为商品换成金钱的时候，故乡人依旧不紧不慢地偶尔捡拾几颗水晶石来玩儿，我不知道这是故乡人的富有还是矜持。

除了水中，故乡的山上也出奇石。《泸县志》（旧时泸州称泸县，现在的泸县仅为泸州市的一个县）载："空石，产于我县蓝田坝之烟墩山及桐子林中，大小不一，凿为水盂花瓶，贮水不腐，插花不谢。"有人曾送我三个空石，我知这物已属罕见，故秘不示人。前些时与书画家周又生先生一起饮酒，知他对空石素有研究，遂和他谈及此事。周先生大大感叹了一番，说空石现在很稀少了。因一个小小的空石在市场上能卖 30 至 50 元，所以烟墩山一带挖掘的人太多，空石已几乎绝迹。他告诉我：空石外形坚硬如铁，只有用钢锯才能锯开，用清水长时间浸泡，表皮泥沙才能脱落；空石内的泥巴是珍贵的药材，不要轻易抛弃；做成艺术品贮水插花美化居室环境，陶冶人的心灵，比卖多少钱都值。我明白老先生的用意，想当年国画大师张大千先生在台北想买一件泸州空石，费了多大周折才了却一桩心愿啊！名人尚且如此，我辈得来也不易，哪能轻易卖掉？如今这市场，钞票多得很，空石却已难觅踪影。

空石是亿万年前的产物，当时我们这一带还是一片汪洋泽国，只是造山运动的隆起升高，大海退去才形成陆地。退不走的，是空石这些奇异的东西，它们被埋在山的中间，亿万年以后，才被人发现挖掘，成为世间珍品。据说，目前全世界除山东发现此物外，便是故乡有这等异物了。是金子总会闪光。故乡的空石，印证了民间这流传千古的格言。故乡空石的奇异总含着美丽，令我们深深挚爱。

草鞋

山里人对于草鞋，有一种无法言说的亲切感。

多年前，我曾在青藏高原东麓的崇山峻岭中生活过一段时间，因为工作关系，我每每要从居住的小镇爬向四面八方的山头——去那些住在山里的孩子家家访。对我来说，走山道并非一件容易的事。山道，有的怪石交错，有的崎岖不平，有的泥浆遍布。特别是夏秋两季，不管是倾盆大雨，还是绵绵细雨，几乎所有的山道都易滑难行，穿什么鞋行走都非常困难。皮鞋不能穿，多半会扭伤脚踝；胶鞋则易打滑；而靴子，那时是奢侈品，每月只拿 39 元工资的我是不敢问津的，另外，我还嫌它太笨拙。因此，我就羡慕起山里人有草鞋穿了。

山里人穿草鞋，特别在晴天走山道，方显出英雄本色。那天，我访问完一个学生家，路过一个苹果园，看见一个小伙子背了一背篼苹果，脚穿一双草鞋，健步如飞地向小镇疾走，我空手轻身，也跟不上他。当我快到离小镇不远的山脚时，小伙子已经把近百斤重的苹果交给了小镇供销社收购点，正满头大汗地往回赶。顿时，我颇为欣赏起小伙子的精神。我拦住他，夸道：“你真行，走得好快。”“习惯了，嘿嘿。”他笑笑。“草鞋好不好穿？”我望着他的脚问道。没想这一问，却打开了他的话匣子：“我就是靠它习惯了走这山路，我们山里人都喜欢它，穿着轻巧，走路又起脚又稳当。烂了，稻草麦秆多，要不了多少工夫就可以打一双，又经济又实惠。嘿嘿，你们穿惯了皮鞋的城里人怕要笑话我们的。”

听到末一句，我心里像打碎了五味瓶，却又装着不在乎的神情问他：“下雨天管不管用？”他说：“照样哩，在胶鞋下套一双草鞋，走路就稳当了。”接着，又神情有点沮儿丧地说，“泥水泡过的草鞋烂得快，还要承受肩上背的东西，我们每次赶集都要多带几双。”

他不说他肩上承受了重量走山路困难，而说泥浆中的草鞋承受了身体、货物的压力过早腐烂，使他若有所失。这是一种怎样的宽怀？从此，山里人对草鞋那种特有的亲切感给我留下了深刻的印象。

然而，我真正了解和认识草鞋，却是最近的事。

那天，应我故乡——中国名酒之乡——泸州古蔺郎酒厂之邀，我去了一趟坐落在赤水河畔的二郎镇。现代化的郎酒厂高楼林立，酒香弥漫，其恢宏的英姿和气魄在群山寂静的山沟里更像一颗璀璨的明珠。当我在赞叹、惊讶之余，发现离厂不远的古老的二郎镇首那棵苍劲翠绿的黄桷树前的崇拜物——山民们烧香供奉的图腾——草鞋时，我被深深感染了。不仅因为它唤起了上述我那段山区生活的追忆，更为重要的是，当我置身于这一片山区，抬头环顾周围的群山，环顾那一条条似丝线一样通向深山深处和云遮雾掩的山顶小道，我才明白山里人的生活是如此不易。但是，正是这种跋山涉水的艰辛和贫穷，磨炼了山里人的筋骨和肌肤，磨锐了山里人的思想和智慧，不堪回首的岁月不正被双双平凡的草鞋所征服？呈现在我面前的崇拜物——草鞋，已经超越了它本身的含义。它不仅是山里人为了行走方便、安全而创造的一个简单的概念，更象征着一种精神，一种在艰难困厄的境地依然勇于追求、顽强不屈的拼搏精神。

想到这里，我不觉肃然起敬，站在挂有草鞋的黄桷树前任思绪久久盘桓。

是的，默默的二郎镇，偏僻的二郎镇，千百年来，它的儿女们依靠草鞋精神，终于在今天创造了中国名酒——郎酒，它香飘海内外的声誉，令我深深沉醉和振奋。

人生有别

世界上每一片树叶的经络都不尽相同，人世间每个人的思想也千差万别。因此，高尚与卑鄙、善良与丑恶、诚实与虚假总是相互缠绕、混合，时不时让人迷惑。这本身并不奇怪，既然生活就是这样的一个多元体，总在我们的希望和无奈之中前行，总在光明和阴暗之中奔向未来，那么，只要我们在人生路上，坚持“心境无翳光灿灿”（日本·明惠上人语）的信念，就会无愧于自己、无愧于生活、无愧于未来。

从人的本性来说，人都有向善、向美、向真的基因，只是后来由于战争、饥饿、灾荒、剥削、贫穷等诸种历史因素以及封建社会留存下来的一些根深蒂固的余孽，使社会产生了不平等。这种负面影响日久弥深，使人的灵魂发生了变形和扭曲，因而善良和美的东西被丑恶和虚假遮掩。高尚往往是“高尚者的墓志铭”，卑鄙往往是“卑鄙者的通行证”。

随着社会的进步，物质文明和精神文明的双重构建，这种负面影响正逐渐消除。但是，群体中人的思想和追求仍存在很大差异：有的人喜欢“落红不是无情物，化作春泥更护花”的奉献精神；有的人喜爱“飘飞此去人间路，但坠清流不坠泥”的正直清白人生；有的人则对人生的意义产生“桃花尽日随流水，洞在清溪何处边”的迷惘质问；有的人为官位、私利产生对上“摧眉折腰”，对下压制、嫉妒的阴暗心理；还有的人为了个人和小集团利益拉帮结派，以此形成自己的势力，达到保护自己利益的目的。

凡此种种，无不说明人生有别，实质上即是人的思想素质、文化素质等综合素质的差别。客观上，社会上流行的一些通病和体制中一些亟待解决的问题也为这种差别提供了温床。

一个富裕文明的社会，应当是一个充满和谐宁静的社会，一个人人展现才智充满生机的社会，一个朝气蓬勃相互促进的社会，一个相互帮助共同富裕的社会，而非一个充满排他性和私心严重的社会，也非一个只顾自己不讲创造的社会。

时代是前进着的，在前进的生活中正确认识人生、认识人生的差别和意义，无疑具有现实性。“沉舟侧畔千帆过，病树前头万木春。”这格言般的诗句具有震撼人心的效果。既然时下的社会并不那么完善，需要我们在创造和完善中走向未来，那么，现在就树立起我们高尚的人格，与虚伪、丑恶、卑鄙画一个终结的句号，未来的生活一定会为我们提供一块明媚灿烂的天空。

提高现代文阅读和写作成绩的金钥匙

杨雪作品
现代文阅读试题详解

川南的乡愁

川南的乡愁，是糯米、高粱、玉米、黄豆、水……中和磨合发酵的酒香，在长江、沱江汇合而成的城市上空历久弥散，在赤水河、永宁河、月亮河、濑溪河上空历久弥散，这些来自天地之间的精灵，这些让人念念不忘的香，千百年来，源于这片勤劳的乡土而归于乡土，源于这份令人难忘的乡愁而归于乡愁。

我沿着乡愁的记忆，走进故土的深处。那是四月烟雨迷蒙的季节，“米贵阳、米贵阳”的声声啼唤使婆娑的竹林更加妩媚，使宁静的江水更加澄澈。雨停风止，阳光温婉，橙花的郁郁香气随风飘来，在山水和土地间游走漂泊，郁郁香气随之而来，还有金黄淡雅的龙眼花，还有淡黄高贵的荔枝花……这让一个闻惯了城市酒香的人顿生诧异。在乡土花香的怀抱里，闭目深呼吸，我不禁泪流满面。在秋天，当你完成收割放下锄头时，当你举杯庆祝粮食满仓时，便会为这种简单而幸福的生活而心生感慨。

知足而乐的生活让我们心中多了些平和与感恩。多情而可爱的乡土，月白风清的乡土，蓝天下，草木萌动。芬芳的乡土诞生生命、滋养生命、延续生命。记忆中的乡土，承载了多少悲欢离合的故事和传说，承载了多少哀叹失落和祝愿希冀。如今，我们寻找乡愁，是为了记住乡愁中那一抹忧伤而让以后的生活不再忧伤，是为了记住乡愁中那一段幸福而让以后的生活更加幸福。

是的，我沿着乡愁的记忆，走进故土深处，那熟稔的茶香让我看见银顶山万亩有机茶山的青翠壮观，让我看见丹山脚下红岩绿茶的波翻浪涌，让我看见法王寺下佛心茶的美好祝愿，让我看见马嘶乡建新茶的清澈透明。传说上古时期神农炎帝尝百草而日中七十二毒，得茶而解。故乡之种茶，早在唐宋已成风气，而纳溪梅岭茶当时已成贡品。种茶之优良传统，时至今日，早已发扬光大。善饮茶者，福寿之人矣。然，故乡人深知福寿之理，要想一生得福寿，须臾不离勤劳创造，须臾不离节俭和睦，须臾不离奉献谦让。凡三者俱达到，则饮茶之高手，福寿之高人矣。故乡的大地上、山水间，种茶者众，而已成规模者、获各类金奖者亦不在少数。当然，主要是以蜀中的绿茶为主。这也不必少见多怪，因为我生活的这座城市，茶馆、茶楼、茶店、露天茶园、茶园会所多如牛毛，且确实饮茶者过众，他们大都以饮绿茶为主。毕竟，饮茶，有国饮之说，善饮茶，多饮茶，确实有益于健康。有时，读书、写作或工作累了，我就会去大梯步旁边的露天茶园喝茶，一是价钱低，二是在那种场合，有回归自然、回归乡土的感觉。一杯清茶，在天光云影中，让我记住了乡愁，让我记住了土地与人类息息相关的物事和美好。

1. 作者为什么寻找乡愁？

2. “让我看见银顶山万亩有机茶山的青翠壮观，让我看见丹山脚下红岩绿茶的波翻浪涌，让我看见法王寺下佛心茶的美好祝愿，让我看见马嘶乡建新茶的清澈透明”是什么修辞句？作用是什么？表达了什么意思？

参考答案：

1. 是为了记住乡愁中那一抹忧伤而让以后的生活不再忧伤，是为了记住乡愁中那一段幸福而让以后的生活更加幸福。

2. 排比句。渲染气氛，加强语气，强化内容。表达了作者对故土的热爱之情，以及真挚浓郁的家国情怀。

隐者最思此山中

此山叫青崖山。顾名思义，山峰陡峭，林木葱茏是矣。看瀑布悬空直下，溪流哗哗流淌，真乃世外桃源之境。

青崖山系乌蒙山北端余脉，乃川南叙永马岭镇所辖，离镇西约 15 公里，因较为封闭，为外界少知。

青崖山秘境隐藏于青崖山沟谷中，这条数公里长的峡谷，既有人文底蕴深厚的摩岩石佛造像，又有情感丰沛的故事传说；

既有山清水秀的自然风光，又有桫椤植被完好的令人遐想……

我们驱车至沟口，一行人沿山间小道至青崖山半山中，来到摩岩石佛群像旁，面对200多尊大大小小的石佛造像，不禁惊呆了。在这造像群中，不仅有观世音、释迦牟尼等塑像，还有土地菩萨、药王菩萨等造像……所有造像不仅惟妙惟肖，亦栩栩如生、光彩照人。此地之所以保护得如此完好，要感谢刘朝伟老人和他的老伴。两口子系本地人，在此守护该文物已有19个年头。没有报酬，完全出于自愿。他们每天打扫清理，没有倦怠，没有怨言，才使我们看到的此景干净、整洁，让人有舒心、爽快之感。据说此摩岩造像石佛群始建于明朝正德九年，至正德十二年才告完成。这得益于一个叫惠显法师的人。从小学习佛法并抱有使佛法造福于人志向的他，经大师指点，至学习功成，带着三个徒弟从外地来到此地。当看到青崖山的美景和勤劳朴实的民众时，他决定在此造像建庙，传法布施，以此为家。惠显法师生活极其清贫，传说他在飞瀑下的潭边栽种有365棵芋头，凡有来求佛消灾祛难的信众，他每天必要与信众分享一棵芋头，不得多食。神奇的是，很多病患信众食了他栽种的芋头后，竟然痊愈了。久而久之，惠显法师在民间还得了个“芋头和尚”的美誉。造像群旁的念经石已被坐成马鞍形状，可见惠显法师每天念经读书的认真和虔诚。正是因为这种锲而不舍的精神和忘我无私的境界，惠显法师圆寂时，他的弟子将他的塑像刻于造像群旁，并将他的骨灰葬于塑像下，修建了一座塔林，好让他的故事和精神在世间口口相传，德耀后人。

青崖山摩岩石佛造像群于2013年被国务院批准，正式列为国家文物保护单位。

确实，这是一片美丽的神奇之地。守护这里文物的老刘为我们唱起了一曲当地山歌：

米贵阳，米贵阳
来到这里待不长
来时刚插秧
走时谷早黄

米贵阳，米贵阳
飞来这里等到山林青
等到山林全青了
每个山头叫几声

天地间的精灵——飞禽，一种叫米贵阳的鸟都对这方土地充满了留恋和热爱，可见这里的美丽和丰盛。当我们离开青崖山石佛造像群，来到山谷中，另一番景象让我们更加惊异。那些远古的桫椤群落，不仅分布于溪边，还沿着山坡，生长于山腰和山顶，这是一种罕见的自然奇观。

沿一路奇景，我们来到峡谷深处的一处农家乐，半山腰上，搭有回廊靠椅，就着溪水，品着山上所采的野茶，一股清香之气与山川洁净之灵气相融相生，让人好生感慨。主人听说我们的到来，很热情地来和我们冲壳子（四川方言，意为聊天吹牛）。他说，很久以前，对面山腰有个洞，叫稻谷洞。灾荒年间，乡民没得吃，在洞前祷告，空箩筐便会盛满谷子，只待第二年你丰收了，还回去就行。只可惜有一年，有个人借了谷子，第二年丰收后却心生歹念，还回去一箩筐康壳，山神生气了，一声山呼林啸后，无数巨石落下将山洞洞口封闭。从此，稻谷洞的故事就只流传于民间了。

听到这里，我有些震撼，很久没有听到过这样朴素和干净的民间故事了，此地的人性与此地的山水如此和谐、美妙，让我稍感慰藉。如果我是隐者，此地乃我余生不二之选。

此时，一缕香茗浸遍全身，我感觉自己已与天地清风融为一体。

1. 青崖山在什么地方?

2. 青崖山摩岩石佛造像群在哪一年被列为国家文物保护单位?

3. 守护文物的是谁? 他们在此守护了多少年?

参考答案：

1. 在乌蒙山北端余脉，川南叙永马岭镇。

2. 2013年被国务院批准，正式列为国家文物保护单位。

3. 刘朝伟老人和他的老伴，在此守护文物已有19个年头。

云上西溪

人在天上走，人在云中游，那种地方，是绝对的惬意，又是绝对的高山，绝对的高海拔。川南叙永水尾镇的西溪村，便是坐落在那种地方的村落。未去西溪之前，无法想象那地方的美。等我终于有机会走到她的身旁，我才发现她的美，美得自然、美得纯粹、美得大气、美得让人震撼。

乌蒙山北缘余脉处的西溪，海拔高度在1000米以上，植被茂密，溪流纵横。楠竹林、冷杉林沿着群山连绵起伏，蔚为壮观。冬天，雪落无声，白茫茫一片。积雪盈尺，为开春后的溪涧、河谷、土地、植物提供了洁净水源的滋养。“百道瀑布天上来，千溪美景入眼帘。”坐落在西溪村山脚下的国家级自然保护区的画稿溪，因四围高山上众多溪流飞瀑的汇聚而显得壮美无比。这种自然景观的真实写照，使画稿溪名声远播。

过去游人常在画稿溪中游，而忽略了山上西溪的美景。也难怪，那时的西溪，山高路陡，险窄难行，鲜有人问津。村民的日子过得紧巴巴的，穷苦难言。而现在，经过精准扶贫，上山的路修宽了，硬化成白加黑，车辆行人来去方便，上下山只是弹指之间的事。云上的西溪，宽阔的旅游人行道穿梭于坡坎、森林、溪涧中，更显神秘、清爽和幽趣。而村前的白虎山、令牌山、大尖山、马勒口山，高低错落、层次分明。当我站在面对令牌山的观景台上，扶着栏杆眺望远方时，那种君临天下的飞翔感，让我看到了天地之间的雄浑和壮阔，让我感到了心系天下的博大和豪迈，也让我感到了茫茫宇宙中自己的渺小和谦卑。这就是云上的西溪，提供给我们人生的感悟、智慧和参照。

我想，如果没有精准扶贫中“变民居为旅居、建新村为景区”的脱贫富民理念，并且实实在在地践行这一理念，西溪村可能还要捧着“金饭碗”讨口，而我也不可能有这样的机会走进西溪村的怀抱，面对天地大美，参悟到人生的得失和美好。

一阵山风吹来，温和、撩人，云雾缭绕中的行走让我忘忧，一条溪流穿过楠竹林，引领我们来到绿树掩映中一户姓罗的农家乐。鲜笋片炖土鸡汤、黄豆焖野猪肉、豆花腊肉、凉拌折耳根、青菜汤等一应有机美食端上桌，让饥肠辘辘的我们大快朵颐。我在心里默默祈祷，当西溪在不久的将来名满天下时，但愿这样自然健康的食品像西溪人朴素、善良的心怀，不要变味才好。

在这高山密林中，蕨菜、木耳、笋子、野生菌等土特产随处可采摘。这是一片还没有被污染的土地，因为她在云之上。因此，我对美丽的西溪，总是心存念想。

1．是什么原因使曾经贫穷的西溪变得富裕、美丽？

2．西溪之美是一种怎样的美？

参考答案：

1．精准扶贫。

2．美得自然、美得纯粹、美得大气、美得让人震撼。

春到双沙

春天带着温暖来到了双沙。

上万亩的菜花盛放在浩荡平坦的坝子上，耀眼的黄如黄金般流淌，天地间顿显祥和富贵，让人亢奋而激越。随风流动的空气，浓郁的花香渐次弥漫，透彻肺腑。空气静好，岁月静好，故乡的山水静好，物事静好，在这样的“画里乡村”行走，一切静好。

难得享受这样的静好，在菜花丛中的一座木楼上小坐，背靠一棵繁花绽放的梨树，我不禁思绪万千。双沙原名白沙，当地土语白撒之意。传说，天上观世音喜爱这片净土，向下撒了一把菜籽，来年春天，这里便菜花开遍，次第相连。时间久了，就就了今天“画里乡村”的美景。传说固然美好，但也表达了当地百姓的美好愿望。事实上，双沙油菜花海美名传播海内外，皆因双沙镇党委、政府顺应民意的经年打造。在全镇规划和实施全域旅游、建设生态农业，也是对乡村振兴战略的具体落实。

在木楼上向左眺望莲花山，巨型大山恰似一朵惊世莲花伫立眼前，山腰的莲华寺红墙金瓦，在夕阳下闪着金光，宁静、气派，给莲花山增添了一层神秘的色彩。天色向晚，倦鸟归林，我无法飞向寺中去解读那一方佛经中美好的世界，唯在内心的世界点燃那一炷心香，祝愿世间美好像这一年一度的油菜花海，常开常新，经年繁盛。

向右远观，天际线上的剪刀山同样使人震撼，巨石造型的大熊母子似在喃喃低语，在天光下，让人情思跌宕。有人说，这颗星球不仅仅是人类的，更是这颗星球上所有生存者的，包括植物、飞禽走兽……巨石造型大熊母子的出现，也暗示着人与自然和谐相处的真谛。很多自然现象让人惊喜、让人沉思，也给人诸多启迪。人类想要生存发展得更好，必须尊重自然、保护生态，走和谐发展之路，唯其如此，方能走得更远。

第二天，在融融春光中，我们来到了双沙的白马村，这是一个极具川南特色的新村，完全按川南乡风民俗的特色打造。篱笆墙的栅栏，青石板的小道，青瓦砖墙的独立民居，院前梨花树下的石凳，都颇接地气。院落门前的小河轻轻流淌，青菜翠绿，群鸭戏水，仿佛让人回到了童年乡村的家，如此亲切，如梦如幻。瞬间，我们就有了在此留宿的念头。第二天，在花香和鸟语中醒来，在涓涓溪流中行走，是一种怎样的福气？

1935 年 2 月，长征中的红军在此召开了举世闻名的白沙会议，并颁布了《告全体红色战士书》，指明了红军的前进方向，为二渡赤水的成功奠定了基础。从此，红军在以毛主席为核心的党中央领导下，从一个胜利走向又一个胜利，直至新中国成立。因此，双沙亦是红军长征重要的转战之地。

如今，红军总司令部旧址、毛泽东主席驻地旧址已成为红色旅游胜地。

当年毛主席亲手种植的那棵香樟树，如今已华盖如林、郁郁葱葱。一代伟人的足迹、智慧、思想、品格，心系天下苍生的胸怀……无不让人崇敬、感怀和敬仰。那天，我在红军总司令部旧址前凝望着那株参天香樟树，心情久久不能平静。近年来，目睹祖国欣欣向荣的伟大变迁，我倍感骄傲。我坚信，“中国梦”必将实现！

春天的风，温煦而美好，春天的到来，让我们更加精神焕发，向着未来矫健进发。

1. 根据文章内容填空。

（1）1935 年 2 月，长征中的红军在此召开了举世闻名的______，并颁布了__________，指明了红军的前进方向，为二渡赤水的成功奠定了基础。

（2）当年__________亲手种植的那棵香樟树，如今已华盖如林、郁郁葱葱。一代伟人的足迹、智慧、思想、品格，心系天下苍生的胸怀……无不让人崇敬，感怀和敬仰。

参考答案：

1.（1）白沙会议；《告全体红色战士书》。

（2）毛主席。

草鞋

山里人对草鞋，有一种无法言说的亲切感。

多年前，我曾在青藏高原东麓的崇山峻岭中生活过一段时间，因为工作关系，我每每要从居住的小镇爬向四面八方的山头——去那些住在山里的孩子家家访。对我来说，走山道并非一件容易的事。山道，有的怪石交错，有的崎岖不平，有的泥浆遍布。特别是夏秋两季，不管是倾盆大雨，还是绵绵细雨，几乎所有的山道都易滑难行，穿什么鞋行走都非常困难。皮鞋不能穿，多半会扭伤脚踝；胶鞋则易打滑；而靴子，那时是奢侈品，每月只拿 39 元工资的我是不敢问津的，另外，我还嫌它太笨拙。因此，我就羡慕起山里人有草鞋穿了。

山里人穿草鞋，特别在晴天走山道，方显出英雄本色。那天，我访问完一个学生家，路过一个苹果园，看见一个小伙子背了一背篼苹果，脚穿一双草鞋，健步如飞地向小镇疾走，我空手轻身，也跟不上他。当我快到离小镇不远的山脚时，小伙子已经把近百斤重的苹果交给了小镇供销社收购点，正满头大汗地往回赶。顿时，我颇为欣赏起小伙子的精神。我拦住他，夸道：“你真行，走得好快。”“习惯了，嘿嘿。”他笑笑。“草鞋好不好穿？”我望着他的脚问道。没想这一问，却打开了他的话匣子：“我就是靠它习惯了走这山路，我们山里人都喜欢它，穿着轻巧，走路又起脚又稳当。烂了，稻草麦秆多，要不了多少工夫就可以打一双，又经济又实惠。嘿嘿，你们穿惯了皮鞋的城里人怕要笑话我们的。”

听到末一句，我心里像打碎了五味瓶，却又装着不在乎的神情问他：“下雨天管不管用？”他说：“照样哩，在胶鞋下套一双草鞋，走路就稳当了。”接着，又神情有点沮儿丧地说，“泥水泡过的草鞋烂得快，还要承受肩上背的东西，我们每次赶集都要多带几双。”

他不说他肩上承受了重量走山路困难，而说泥浆中的草鞋承受了身体、货物的压力过早腐烂，使他若有所失。这是一种怎样的宽怀？从此，山里人对草鞋那种特有的亲切感给我留下了深刻的印象。

然而，我真正了解和认识草鞋，却是最近的事。

那天，应我故乡——中国名酒之乡——泸州古蔺郎酒厂之邀，我去了一趟坐落在赤水河畔的二郎镇。现代化的郎酒厂高楼林立，酒香弥漫，其恢宏的英姿和气魄在群山寂静的山沟里更像一颗璀璨的明珠。当我在赞叹、惊讶之余，发现离厂不远的古老的二郎镇首那棵苍劲翠绿的黄桷树前的崇拜物——山民们烧香供奉的图腾——草鞋时，我被深深感染了。不仅因为它唤起了上述我那段山区生活的追忆，更为重要的是，当我置身于这一片山区，抬头环顾周围的群山，环顾那一条条似丝线一样通向深山深处和云遮雾掩的山顶小道，我才明白山里人的生活是如此不易。但是，正是这种跋山涉水的艰辛和贫穷，磨炼了山里人的筋骨和肌肤，磨锐了山里人的思想和智慧，不堪回首的岁月不正被双双平凡的草鞋所征服？呈现在我面前的崇拜物——草鞋，已经超越了它本身的含义。它不仅是山里人为了行走方便、安全而创造的一个简单的概念，更象征着一种精神，一种在艰难困厄的境地依然勇于追求、顽强不屈的拼搏精神。想到这里，我不觉肃然起敬，站在挂有草鞋的黄桷树前任思绪久久盘桓。

是的，默默的二郎镇，偏僻的二郎镇，千百年来，它的儿女们依靠草鞋精神，终于在今天创造了中国名酒——郎酒，它香飘海内外的声誉，令我深深沉醉和振奋。

1. 泸州古蔺郎酒厂在什么地方？

2. 草鞋象征了山里人的一种什么精神？

参考答案：

1. 赤水河畔的二郎镇。

2. 象征了山里人那种在艰难困厄的境地依然勇于追求、顽强不屈的拼搏精神。

情留普市

从川南经叙永去云贵，在旧时，必经普市。拜访千年古驿普市，已记不清有多少次了。这座位于川南叙永的古镇，虽渐次破败，甚至渐渐被人遗忘，但于我，却充满着盈盈的记忆和历史深处难以述尽的文化底蕴和传奇故事。

普市最早见诸文字记载的历史，当属唐宪宗时代，因普及之广，集市繁华，故而称普市。是时，在川滇黔交界腹地、少数民族聚居区，依旧是地广人稀。在赤水河中上游地区，特别是古蔺一带，遍生两人多高的蔺草，大地林丰草茂，水流充沛，野兽出没。这愈发衬托出普市在边地的重要和繁荣。“青山层层复盘盘，往来喘汗愁跻攀。日日黄昏人迹绝，年年十月虎交山。”这是明代文学家杨慎路经叙永所留下的诗作。通过《青山虎》这首诗，我们能感受到当年此地环境的险恶和生活的不易。806年，为了维护边地民众生活的稳定、安全和发展，唐朝在此设立羁縻蔺州府，隶属泸州路，辖赤水河流域广袤山区。史载，程咬金曾被委派至泸州做都督。历史上的程咬金并非民间传说那样五大三粗、有勇无谋、三板斧过后并无招数。如果是那样，程咬金的大名在泸州地区便会大打折扣。真实的程咬金，长得仪表堂堂，足智多谋且武功高强。

传说有一次程咬金从泸州巡视到了边地普市，正遇府堂升帐审案。原来是张王两户人家为了一只母鸡的归属争执不下，州府大人难以判决，焦头烂额，程咬金见后不禁哑然一笑，说，这还不容易，你们两家去把鸡仔弄来一试，不就见分晓了。果然，那母鸡只认王家的鸡仔，母鸡当然就是王家的了。程咬金断鸡案，不仅彰显了他的机智，也体现了他的亲民爱民、和睦边地少数民族。

程咬金在泸州和普市驻留的时间并不长，但其才智和品行一直流传在泸州民间，成为恒久的美谈。

最值得普市人谈论和引以为傲的，当属明代状元杨慎（号升庵）。这位因“大礼议”而遭廷杖惩处并被发配云南永昌卫充军的文人，多次从泸州经普市去云南，并几经往返，为普市留下了许多诗文、许多故事，令人唏嘘感叹。

那时的川滇黔边地，经济落后，社会封闭，交通极不发达，其生活的艰难和自然条件的恶劣无以言说。杨升庵第一次从普市去流放地云南，正值岁寒隆冬，他在《普市》诗中记述了当时的情景：

孤城比屋雪封瓦，重雾浓岚幂四野。
飘飘风凹巧回鸢，凝固冰漕工遛马。
倦客落日投主人，冷突无烟炊湿薪。
敢辞白首御魑魅，眼见木夫尤苦辛。

在大雪纷飞、道路险阻的境况下，杨升庵艰难地到达普市，好不容易找到了驿馆，却是饥肠辘辘、疲惫顿生。驿馆厨房里，有米有柴，却无人做饭，必须自己动手，可柴火却潮湿不堪。在烟熏火燎中，苦不堪言的杨升庵好不容易填饱了肚子，眼前竟然出现了白天在路上遇见的木夫。那些在下雪天穿着草鞋冻伤了脚的木夫，在忍饥挨饿中艰难地为朝廷不停伐木的木夫，其艰辛的生存状态令杨升庵心生同情和感怀。比起自己的苦难和不幸，那才是真正的苦难和不幸。《普市》一诗，在时隔几百年之后，仍能得到普市民众的认可，就在于杨升庵真诚干净的平民思想观。

无论杨升庵的遭遇如何，边地民众都给予了深深的同情、理解和支持。在一次春夏之交时节，杨升庵从流放地再次路过普市，刚好遇见普市街头婆罗花盛开。婆罗花，传说是佛教世界净土上长出的圣花，500年绽放一次，如果遇此花开，一生便有福运，或遇明君，或遇贵人……人的命运便会由此改变。饱读诗书和古典文献的杨升庵，不会不明白婆罗花开的含义和传说。从唐至明，历经几百年的岁月，沿南丝绸之路的足迹，中西方文明的碰撞和交融，从西方净土带来的婆罗花在此生根发芽茁壮生长并开花，也属情理中事。故而，在杨升庵的内心，重新燃起了希望被朝廷赦免的渴望。在这里，在生命中的重要驿站普市，他写下了诗章《婆罗花》：

金笸箩，银笸箩，
瘴花开时瘴雨多。
二梁哨，双井坡，
马头采折记经过。
流芳催人鬓蹉跎，
奈此长征远戍何。

明代第一才人杨升庵，在流放发配途中的普市遇婆罗花开，满以为命运由此会改变，哪料最终等来的消息是朝廷的“永不赦返”。这种深度打击使杨升庵终于明白，人生不能希冀更多，哪怕是你有为社会做更多贡献的愿景。因此，在历经命运挫折之后，在经历了普市婆罗花开的事件之后，在生命已进入晚年之时，杨升庵终于唱出了延续生命意义的惊世之作《临江仙》，其词的末尾：白发渔樵江渚上，惯看秋月春风。一壶浊酒喜相逢。古今多少事，都付笑谈中。

在人的一生中，也许，只有平淡才是真。只有民间，才有真情，而真情，藏在民间。我去普市给村民讲学捐书，惊讶于当地百姓对文化的尊重和热爱。他们成立了诗词学组，数十年学诗、写诗，持之以恒。讲学时，几十名听众听得鸦雀无声，互动环节提问也十分踊跃。课后去普市古街走访，我并不惊讶石板街的古老，也不想考察军械库、屯粮库、庙堂、戏楼、古井、跑马场等，甚至对米街、山货贸易点也无多少兴趣，而是想看看当年杨升庵投宿的驿站和那里的厨房，以及程咬金巧遇衙门府堂的断鸡案地点，但终因年久失修，有些房屋早已毁弃而无果。

倒是当地民众集资重建的文笔塔和四棱碑吸引了我的注意。陪我的当地文士，已过70岁高龄的胡老先生告诉我，为了延续普市的文脉，他们按照旧时的文笔塔的大小高矮模式，重新修建了文笔塔，并立于原址。可见，普市文风一直很盛，而杨升庵描写普市的诗词以及普市的来历，被镌刻在了重新打造的四棱碑上，立于路旁，以昭后人。在大洪山和林荫山之间的普市，我的朋友李爱民先生有感于此地民风的纯朴和良善，以及自然条件的优越，特别应邀在此地投资修建了偌大的七彩茶园。这种以产业扶贫拉动普市经济发展的模式，受到当地干部群众的欢迎，为此，我还专程前往实地采访。

知道普市的人原本就不多，如今高速公路从普市山脚穿越而过，去普市的人就更少了，但于我，在记忆深处，始终有种难以割断的情愫，时梦时现，难以忘却。

1. “断鸡案”彰显出程咬金的什么品质？

2. 杨升庵为什么要写下《婆罗花》一诗？

3. 普市村民对文化的尊重和热爱表现在什么地方？

参考答案：

1. 程咬金的才智和亲民爱民的品质。

2. 希望被朝廷赦免。

3. 他们成立了诗词学组，数十年学诗、写诗，持之以恒；杨升庵描写普市的诗词，以及普市的来历，被镌刻在了重新打造的四棱碑上，立于路旁，以昭后人。

放滩

故乡泸州，位于川江中段。因得长江恩赐，敢跳进长江扑腾几下子的男儿女子多的是。也因着长江的孕育，诞生过一些颇生动、有意蕴的词语，如“长江没有盖盖”(不怕跳河淹死)、“河中淹死会水将”等。这些词语很哲学、很有趣，又很耐人寻味。

我要叙述的，则是另一个词——放滩。这个从记忆深处打捞出来的词，使我仿佛一下回到了青少年时代。所谓“少年不识愁滋味”，当可形容我们那时的心境。七八月间，我们这群精力过剩的孩子总会背着大人偷偷摸摸跑到长江里去游泳、击水、奋争。我们一会儿潜入江底，比谁憋气时间长，一会儿又“高台”亮翅跳水，看谁的动作最优美、跳的次数最多。此时，长江成了我们的圣地和竞技场。而宽阔练达、激流飞旋的长江，气势恢宏、博大豁达的长江，从那一刻起全都融浸于我们的血脉中，使原本无忧无虑的我们心里更添了无限欢乐。久而久之，我们都成了长江里击水的好手，也因此挨了父母亲不少揍。后来，大人看到长江击水能给我们带来不少快乐，也能培养我们的勇气，遂改一味阻止打骂为引导。他们先是允许我们跟着会水的大人下水，然后让我们穿上救生衣、救生圈“放滩”。看到我们确实不盲目冒险游到江心湍急漩流处，才决定不再管我们。听到此，同伴中当即就有人很高兴地喊：“放滩啰，放滩啰。”少年无拘无束的天性由此可见一斑。我不记得“放滩”这个词是谁创造的，但它从我们口中说出来却是千真万确的。它包容了无限的创造力和想象。所谓放滩，即从长江上游某处伸进河水中的滩涂下水，沿着这一水流顺势而下至下游数百米处时，会有一次回水的机会把你推入岸边。如果把握不住，就会向下游湍急处漂去，生命就有被江水吞没的可能。放滩时有很多讲究，初入水时不可用力过猛，你只可顺水漂流，保持体力的目的是到回水处时做最后一搏，以确保生命安全。顺水漂流时不可在水流外侧，那样有被卷进江心的危险，很难漂到回水处。漂流时，遇到漩涡和喷水要沉着，一要及时躲过，二要憋足气顺其自然，不一会儿它自会把你漩出来。放滩的危险性自不待言，哪个环节稍不注意出了问题，立马就有灭顶之灾。但放滩的刺激和快乐却又牢牢地吸引着我们，使我们产生难以言说的愉悦。

沉稳、智慧、勇敢是放滩者必备的条件，也只有在放滩中才会培养和产生。所有这些经验和智慧，都是在一次又一次放滩中积累起来的。在积累这些经验时，我们曾付出过难以忘怀的代价。我承认，我有过被卷进漩流险些出不来的经历，呛水和体力不支更是家常便饭，但每一次都能转危为安。

我如此兴奋地讲述若干年前“放滩”这个流行词，实际上不仅仅是在讲述这个词。“放滩”这个词在今天的消失，实际上也并不仅仅是这个词的消失。

如今的夏天，长江是很冷寂的，独生子女在他们父母的呵护下，只能在城市兴建的那些游泳池里欢天喜地地玩耍。我不知道这是好事还是坏事。听说现在的独生子女都娇惯得很，很讲究享乐的，至于吃苦耐劳就难说了。

此时此刻，面对长江，我真想听到哪个会水的汉子站出来吼一句：走，到长江放滩去！我会毫不犹豫地跟随他。凭我现在的体力，游过长江还是可能的。

1. 根据文章内容填空。

（1）而________、________的长江，________、________的长江，从那一刻起全都融浸于我们的血脉中，使原本无忧无虑的我们心里更添了无限欢乐。

（2）________、________、________是放滩者必备的条件。

参考答案：

1.（1）宽阔练达、激流飞旋；气势恢宏、博大豁达。

（2）沉稳、智慧、勇敢。

百年洁净

上千棵百年梨树，错落有致地长于山坡和山脚，形成一道蔚为壮观的风景，着实让人赞叹、称奇。

这便是令人向往的——方山后山黑坪村的百年梨林。

一百多年前，厌倦了官场腐败和钩心斗角的黎姓人家解甲归田，在此种植梨树。村邻乡人，因崇其人品和智慧，纷纷效仿，不多年，方圆数里，梨树成林，生机勃勃。

每年春天，绽放的梨花漫过山岭，像云像雾又像蝶，那洁白的花瓣、沁人心脾的花香，让人舒心惬意。经过秋霜和寒冬的梨树，又释放出生机和憧憬。洁白的花瓣，既高雅素净，又庄重不屈。花间一壶酒，树下一盅茶，林下一盘棋，在看似悠闲快乐的生活中，也有顿悟和创造。

相传，作为佛教圣地之一的方山，在清朝中后期，早已香火盛积、游人如织，当春之时，朝圣过后的游客涌入，在梨林里赏花观花，一派繁荣景象。旅游文化经济在那时就已享盛名，作为酒城泸州的后花园，这里更是让人流连忘返。

赏花，诚然是百年梨林的一景。因为赏花，让我们看到了人间还有洁净、高尚、美好；因为赏花，让我们厌恶肮脏、丑陋、邪恶。但是，随着季节的更替，美好的花期终究要过去，游客散去、花落寂静。在果香成熟的季节，耐住了寂寞的黑坪村人经过多年试验、探索，终于将卖不完、吃不尽的梨子酿成了梨子酒，这就是远近闻名的“方山瓢梨酒”。这种纯粮果酒，酒体金黄滢澈，口感柔和生香，饮后舒适爽口。从中国传统医学角度看，这种酒还有生津润肺、活血化瘀的功效。它的制作也较为简单，只不过储存期要一年以上。其实，你在黑坪村百年梨林里游玩，几乎在每户农家都可以品尝到这种美酿。

百年梨林滋养过的黑坪村人，重人品、重情谊、重智慧。他们朴素、懂感恩、有骨气。1977 年，是百年梨树结果最好、收获最多的一年，黑坪村人选择了 10 斤最好的梨子，托人送呈党中央和国家领导人，以示对党的恩情的真挚谢意。党中央深感这一淳朴的民心，不仅让办公厅写了回信表示感谢，还按当时的市场价汇来了 10 斤梨子款。黑坪村人的心情由此可知，他们的感动溢于言表，并将那棵梨树结的梨命名为“清风梨”，意为：为民造福、两袖清风。这事虽小，却意义非凡，因为“金杯银杯，不如老百姓的口碑”，而我们的党，确实是全心全意为民的党。

据说全国梨树品种很多，包括国外引进的，如白梨、秋子梨、沙梨、洋梨、藤梨等，而方山瓢梨，其他地方均不见文字记载。瓢梨树树干遒劲高大、笔直端庄，颇有君子的硬气和儒雅。古有黄花梨，今有瓢梨，均是做章刻、家具的上等材料。

百年梨林年年开出漫坡漫岭洁净、纯白的花，开出那种纯粹、高洁的花。百年梨树那种挺拔、正直，那种不扭曲、不阿谀逢迎，那种朴素、柔情、真挚，令我怦然心动！

我终于明白我喜欢这片梨林的原因了，源于上百年来没有被污染的环境、没有被污染的花朵、没有被污染的果实、没有被污染的真情和希望，以及没有被污染的心灵和品格。

1．根据文章内容填空。

因为赏花，______________________________；因为赏花，____________________________。

2．“清风梨”的含意是什么？

3．作者为什么喜欢方山后山黑坪村的百年梨林？

参考答案：

1．让我们看到了人间还有洁净、高尚、美好；让我们厌恶肮脏、丑陋、邪恶。

2．为民造福、两袖清风。

3．因为：百年梨林开出漫坡漫岭洁净、纯白、纯粹、高洁的花；百年梨树的挺拔、正直，不扭曲、不阿谀逢迎；百年梨树的朴素、柔情、真挚。

信仰

1935年3月初，春寒料峭，一位衣衫褴褛、饥寒交迫的红军战士因负伤掉队，在叙永县两河镇被俘。一脸稚气、刚满16岁、操着江西口音的小红军看起来骨瘦如柴、弱不禁风。扬扬得意的敌人审讯这位红军战士时以为胜券在握，然而他们大错特错了。当敌人问道：“要投诚还是不要命？”小红军精神一振，斩钉截铁地答道：“我只要工农的苏维埃！”恼羞成怒的敌人最后将小红军残忍地杀害了。

这位小红军牺牲已近80年，然而每当我读到这个故事，就会热泪盈眶、心生崇敬。长征中这种感天动地的故事很多。正因为红军将士们有着那种追求人类解放、平等、民主的坚定信仰，不怕艰难，甚至牺牲生命的大无畏英雄气概，关于长征和红军的话题才会世世代代传颂下去。

长征中小红军的信仰、解放战争时期刘胡兰的信仰、新中国成立后雷锋的信仰，以及新时期郭明义的信仰，无不包含着时代的正能量，让我们感动、学习、借鉴、追赶，以期成为正能量的一分子，在社会的进步和时代的行进中，发出虽然微弱却极富意义的光芒。如果每个人的信仰都如此朴素，那么我们的社会就会和谐很多。可惜的是，人类的思想千奇百怪，每个人的信仰也不尽相同。这本身也不必大惊小怪，但令人匪夷所思的是，有的人虽然选择了自己的信仰，却总是动摇、违背甚至变节迷茫。这些人的思想因种种原因发生了偏差乃至于腐朽变质，才会产生如上问题。曾经信仰共产主义的一些人，最后却成了人民大众的公敌，这不能不引起人们的深思。

共产党的信仰已经具体体现在小红军、刘胡兰、雷锋、郭明义等中华民族的优秀儿女身上，这是千百年来中华民族的追求和梦想。民族复兴、祖国富强、人民幸福，正是我们一代又一代人的追求。只要我们坚定自己的信仰，实实在在地干好我们自己的工作，民族梦想也好，个人梦想也罢，就一定会实现。

1. 小红军被敌人杀害时多少岁？

2. 我们一代又一代人所追求的是什么？

3. 为什么有的人会变节动摇？

参考答案：

1. 16岁。

2. 民族复兴、祖国富强、人民幸福。

3. 是这些人的思想因种种原因发生了偏差乃至于腐朽变质，才会变节动摇。

高原上的花

有人说高原是冷峻的，因为它沉默和荒凉；有人说高原是威严的，因为它伟岸而寂寞。然而，高原也是妩媚的，在一年四季之中，不断地展示着自己的缤纷和梦幻。伟岸和妩媚，构成了高原千百年来永恒的风景。

当冰雪消融，最初柔嫩的迎春花绽放了，它亮丽的色彩像一枚枚金币，令人目眩和亢奋。冬天阴冷的情绪和群山的沉重一扫而光，心情如此轻松和欢快。阳光的温暖、空气的清新、花色的美丽都使人心旌摇荡，充满着激情和对未来的憧憬。

暮春，当高原向阳山坡上的金光将尽时，像一串串洁白铃铛的槐花带着浓浓的芬芳次第开放了。它绵延在群山环绕的公路两边，令人目不暇接。它的青枝绿叶映衬下的花的白，是洁净而单薄的，仿佛风沙中的一瓶净水，如此珍贵而让人遐想。它的甜蜜的芬芳，透彻肺腑，无端让人怀念和追思。

而高原的夏天，崖上、壁上、坡上、河畔，野百合翘首含笑，宛如纯情少女的微笑。这是高原多情的季节，这是向花朵任意倾诉心灵秘密的季节，凝视含情，遥望遐想，那么圣洁而美好，那么无私而坦荡。有人带着浓郁而芬芳的百合回家，把它放入清水瓶中，放在书房里或客厅中，顿时整个房间弥漫着花香。有的人干脆把它种在平房顶上，任它在风中婀娜摇曳，仿佛花仙子在对人舞蹈。野百合不喜花盆和阳台，有人将它植入其中，很快它便枯萎了。它是野性的，属于大自然，但它又具有人类的优良属性——追求大度开阔，追求柔情美丽，追求无私奉献，追求高洁无染。

秋天来了，金黄灿烂的野菊花成片成片地绽放在山坡上。这是一个成熟而令人深思的季节，是智者和哲人的季节。在金光照耀下，空气澄明，正好可供人反思和追忆、向往和求实。如果说金黄空旷的原野有着几分秋的肃杀，那就带一束野金菊回到书房，闻着它的气息，看它一生曲折之后的辉煌是多么不易。你就会丢掉浮嚣，就会沉静，就会思索，在几分郁郁的菊香中感到几分平和、舒畅，就会对未来不再迷茫，进而坦然地走向深邃。

高原的秋天是短暂的。当雪飞霜降，山头白茫茫一片时，高原沉寂了。沉寂的高原一言不发，那种冷峻远胜于寒冬的张狂。但高原的可爱也在于它的妩媚，即便在寒冬。在住家的庭院里，一株株蜡梅绽放了。又是黄色，金黄色的花瓣傲然于雪花飘舞中，挟带着清香，一阵阵灌入人的鼻息，让人在寒冷中仍感觉一股清新在荡漾，仿佛有一只温柔美丽的手，把你心中的阴暗、冷漠拂去，使你的思绪燃起热情，理智的热情、狂饮的热情、歌唱的热情、书写阅读的热情、追求不止的热情。

高原的花，一年四季都在绽放。绽放成妩媚、温馨，绽放成美丽、柔情，绽放成圣洁、可爱，绽放成优雅、高贵，绽放成人生的思索，绽放成人生的哲理和追思。

如果说伟岸和冷峻是高原的魂魄，那么，高原上的花则是高原的灵气。高原如花的妩媚，更令人神往。

1. 是什么构成了高原千百年来永恒的风景？

2. 作者从哪几个方面描写高原的花？

3. 为什么说高原上的花是高原的灵气？

参考答案：

1. 伟岸和妩媚。

2. 春、夏、秋、冬。

3. 因为高原上的花一年四季都在绽放。绽放成妩媚、温馨，绽放成美丽、柔情，绽放成圣洁、可爱，绽放成优雅、高贵，绽放成人生的思索，绽放成人生的哲理和追思。

神奇的海涯

核桃熟了，柿子红了，金灿灿的山菊花明亮亮的映入眼帘，在这美丽而多情的深秋季节，我来到了海涯寨。是的，我来到了海涯寨，不是在人山人海的火把节来的，不是在人声鼎沸的牛王节来的，我不喜欢喧嚣和吵闹，只喜欢宁静和沉思，因此，我是在秋天的寂静里来的，来得随和，来得静谧，来得自然。

这是一座位于赤水河上游、被万山藏匿的彝家村寨，隶属于四川叙永县水潦彝族乡。那以牛头造型的标志建造的大门，在农耕时代，体现了彝家人对牛的崇拜。牛，因为坚韧劳作、吃苦耐劳，因为无私奉献、任劳任怨，成了彝家人的精神图腾。因此，牛头的各类造型点缀在海涯寨的屋顶、立柱、广场等处，形成了一道独特的彝文化风景，也就不足为怪了。

我们在老范家的院坝刚坐下，老范便热情地捧出了核桃，端出了自酿的奢香米酒。那核桃皮薄、个儿大，是村寨边那棵上千年的核桃树上的产品，而那奢香米酒，醇和、香溢、微甜，饮之如甘露。无论核桃还是米酒，在这远离都市的寂静群山中，我以为，皆是天地灵气之自然杰作，是上苍对海涯寨的千年馈赠。不知是酒香，还是我从山坡上采摘来放在桌上的一束野山菊的花香，吸引来一只蜜蜂，它一会儿围着桌子飞，一会儿围着菊花飞，甚至听着我的呼唤，围着我飞，引得桌子周边的朋友起来惊呼。一阵山风突然吹来，蜜蜂不情愿地飞走了。老范家旁边的那棵榛子树的树叶哗啦啦落了一地。山风寂寂，清爽撩人。我忽然想起彝族诗人余家驹（1801—1850年）在《时园诗草》集中的一首诗，其中有这样几句：

群山大聚会，争秀兢嶙峋。清风吹满袖，白云落一身。何必蓬莱岛，始可住仙真。我欲结茅屋，常与天为邻。

在这首名为《青浓山》的诗中，他把海涯、水潦的地理环境描绘得令人神往。青浓山就在海涯寨对面，隔赤水河而望。只不过，现在的海涯早已没有了茅屋，一栋栋木质砖混的屋宇亮堂而开阔，秋风过后，并没有肃杀冷清。老范的热情让远道而来的朋友在一阵阵米酒的浓香中感到了内心的温热。不变的，是彝家村寨的古道热肠，是庄稼茁壮的清秀碧绿，是山野茂盛的浓情玉翠，是空气爽朗的清新洁净。要想历练成为智者和高人，又何须去蓬莱岛？此地当为不二之选。

这样想的时候，风住了。我走到荷塘边，残败的荷叶上竟有蜻蜓伫立、追逐。是两只黑色的蜻蜓。我伸出右手，口中唤着它们。它们仿佛听得懂我的话，竟一前一后飞到我手掌周围。我心生感慨，“淳朴的乡野”这几个字闪过脑海。两只黑色的精灵见我木然痴情，似不想打扰我，便不舍地飞走了，飞向荷塘深处。我想起了关于蚂蚁洞的事，一则几近神话的故事。相传在离海涯寨不远的法戛岔河高岩上有蚂蚁洞，“阔可数丈，幽深莫测。其蚁大如豚”。土人言：昔与人交易，人欺之，遂自封垒。这事在余家驹的《蚂蚁洞》诗中有记载：

混沌为嫌僉忽功，塞将灵窍返鸿蒙。
丸泥隔断仙凡界，刘阮再来路不通。

之后，饱读诗书的彝族诗人、余家驹的侄儿余昭（1827—1890）也有关于蚂蚁洞的诗章：“灵也而畏欺，高垒防人至。昔我太高祖，豪兴来相窥。后有我伯父，嗜奇记新诗。”（见余昭《大山诗草》集）余昭认为，洞中所言大如豚的蚂蚁自封其洞返鸿蒙是不可信的，只不过是一种传说罢了。两只精灵的出现，引发了我对蚂蚁洞的联想。并非我有猎奇之意，只是通过此事，我感觉到，从古至今，人与自然的和谐、与环境的和谐、与动植物的和谐、与社会的和谐、与人的和谐、与内心的和谐，才会使时代健康发展，使社会繁盛前行，民权与平等才能得到保障。我想，流传于此的关于蚂蚁洞的传说，其本意也就在于此吧。

确实，这是一块神奇之地，世袭大屯九世土司余珍（1825—1865 年）对这里有过如此描写：“一步经三省，依稀万里游。”群山耸峙，悬崖峭壁的水潦彝族乡，正处于川滇黔三省的接合部，所谓“鸡鸣三省，往返两日”，你说它大亦大，说它小亦小。这是一块未被俗利和雾霾污染的土地，我在这里行走，心情是舒畅而温暖的。在路边的木椅旁，我偶遇村民范铭香，他拿着一只硕大的饮料瓶递给我，我以为是饮料，里面装着的却是酒，还有十余只甲壳状拇指般大小的黑色昆虫。他见我不敢喝，拧开盖，自己喝将起来。这时，一个骑摩托车的青年来叫他，他们便走了。后来，老范告诉我，范铭香喝的是九香虫酒，即把九香虫泡在酒里，就成了药酒。九香虫，既是食材，又是药材。李时珍的《本草纲目》一书里，对九香虫是这样记载的：九香虫，产于贵州永宁卫赤水河中（旧时一段时间里，四川叙永县城一分为二，永宁卫属贵州，永宁厅属四川），大如指头，状如水，身青黑色。冬至伏于石下，至惊蛰后即飞出，不可用矣。别名黑兜虫、瓜黑蝽、屁板虫。我们泸州话叫打屁虫。老范说，现在正是抓捕九香虫的最好季节，赤水河边的卵石下就能找到它们。怪不得范铭香和那青年急急忙忙走了。现在市面上的九香虫，一斤要卖到 1000 元以上。《本草纲目》对九香虫的药用价值也有描述，说它可以“兴阳益精，助肝肾亏损”，可以“利膈间滞气”，可以“治胸脘胁痛”。一句话：强身壮体，滋阴补阳。老范还告诉我，范铭香主要靠捕鱼、捕捉九香虫为生，一生嗜酒，他有句口头禅，“千好万好，不如天天喝酒好”。每次说这话时，范铭香脸上都泛着红光，一副幸福的样子。奔七的范铭香，健康硬朗，让我印象极深。

这神秘朴素的海涯寨，这大方热情的海涯寨，在我离开许多时日后，竟然如此清晰地留存在我的记忆中，让我难以忘怀。

1. 海涯寨在什么地方?

2. 彝家人的精神图腾是什么?

3. 蚂蚁洞传说的意义是什么?

参考答案:

1. 位于赤水河上游、四川叙永县水潦彝族乡。

2. 牛。

3. 从古至今，人与自然的和谐、与环境的和谐、与动植物的和谐、与社会的和谐、与人的和谐、与内心的和谐，才会使时代健康发展，使社会繁盛前行，民权与平等才能得到保障。